UN MUNDO INFIEL

JOAQUÍN MORTIZ • MÉXICO

serie del volador

JULIÁN HERBERT

Un mundo infiel

COLECCIÓN: Narradores contemporáneos/Serie del volador

Portada: *Mirando al norte* de Ignacio Valdez. Gráfica digital, 40 x 30 (
Diseño de colección: Marco Xolio/lumbre
Fotografía del autor: Ignacio Valdez

© 2004, Julián Herbert
Derechos reservados
© 2004, Editorial Joaquín Mortiz, S.A. de C.V.
Editorial Planeta Mexicana, S.A. de C.V.
Avenida Insurgentes Sur núm. 1898, piso 11
Colonia Florida, 01030 México, D.F.

Primera edición: septiembre de 2004
ISBN: 968-27-0974-1

www.editorialplaneta.com.mx
www.planeta.com.mx

Para Ana Sol, que lo escribió conmigo

*Para Pedro Moreno, Gerardo Segura
y Luis Humberto Crosthwaite,
Sultanes del Swing*

LA NOCHE ANTES de que un tren le arrancara las piernas a Ernesto de la Cruz, y Doc Moses soñara con un venado muerto, y Plutarco Almanza tuviera la desgracia de toparse con el hombre de las botas grises, Guzmán se enderezó en la cama con una aureola de vértigo envolviéndole la cabeza. Sus oídos zumbaban, las imágenes del bisturí y las escaleras aún volaban en sus ojos como papel quemándose, y los latidos de su corazón repercutían en la piel con un golpeteo intenso y regular. Le tomó algunos segundos tranquilizarse. Luego encendió la lámpara de mesa, se caló los anteojos e indagó la hora en el reloj del buró: era más de medianoche. Acababa de empezar el día de su cumpleaños. "Treinta", dijo en voz baja, con el corazón aún latiéndole deprisa. A su lado, Ángela dio un respingo y lo abrazó. Una hebra de saliva escurría de sus labios.

—Estás temblando, amor —susurró, adormilada—… ¿La tuviste otra vez?

—Ésta ha sido de las peores —contestó él, y se quitó los anteojos.

—Ay, Gusanito. Pero si ya tu mamá te explicó por qué te pasa.

—Según ella. Pero no. Deveras que algo me hicieron en esa casa, Ángela. Algo cabrón.

Mientras hablaba, Guzmán percibió lo infantil y llorosa que sonaba su voz. Por eso usó al final de la frase una expresión

9

dura, un par de palabras que le devolvieran la sensación de ser un hombre adulto y valiente. Ángela se frotó los ojos con el borde de la sábana.

—Ándale, pues. Cuéntamelo.

Guzmán carraspeó.

—Yo estaba recién casado. Pero mi mujer no eras tú, sino Poly, una güerita muy flaca que conocí una vez en Guanajuato. Ya ni la recordaba.

—Te pregunté por el sueño —dijo ella, dándole un codazo.

—Estamos acostados y en eso llaman a la puerta. De algún modo, yo ya sé que es el Mayor y que con él viene el otro, el médico.

—¿Cómo sabes que es médico?

—¿Ya vas a empezar?

Ángela se cubrió la boca con el dorso de la mano. Él continuó.

—Tengo miedo, pero de todos modos abro. Son ellos. Me preguntan por un sacacorchos que, según esto, me dieron a guardar. Les digo que sí, que podemos ir por él, que lo tengo allá arriba. Subimos algunos peldaños. Yo voy al frente. Al principio es una escalera cualquiera, una casa cualquiera. Pero poco a poco voy reconociendo sus formas: mosaicos amarillos, paredes descarapeladas, un barandal café… Y luego el descansillo a mitad de camino, tan raro con su resumidero negro al centro. Me doy la vuelta, porque sé lo que viene, y veo el cuerpo del Mayor tirado en el piso, sangrando, con la cara rajada. Poly, mi mujer de pesadilla, se carcajea sentada en el último escalón. El médico me enseña el bisturí. Me dice: "Tú tranquilo, no quiero matarte, nada más quiero hacerte llorar". Y comienza a bajarse la bragueta, ¿tú crees?...

Ángela roncaba suavemente.

Guzmán se levantó sin hacer ruido, se calzó unas sandalias y fue hasta la cocina. En la penumbra tanteó sobre la mesa hasta dar con la cajetilla de cigarros. Extrajo uno y lo encendió con el piloto de la estufa. Luego fue a la sala y, corriendo la cortina del ventanal, miró hacia la calle. A esa hora, envuelta en la niebla y el alumbrado público, la ciudad parecía una foto en blanco y negro. Pensó que, por lo menos en otoño, Saltillo tenía siempre esa apariencia, ya fuera de día o de noche. La única excepción eran, quizá, los atardeceres sobre el Cerro del Pueblo, cuando toda la luz se teñía de violeta y las partes opacas del paisaje ardían en un profundo naranja antes de volverse completamente oscuras. Permaneció así durante un rato, fumando y evocando los colores del atardecer, con los ojos cerrados, pero asomado absurdamente a la ventana, hasta que la idea de que acababa de cumplir treinta años se hizo nítida de nuevo en su cabeza. Sintió una sorpresiva punzada de angustia. Apagó la colilla del cigarro contra el cancel de la ventana. Echó una última mirada a la calle. En la jardinera que había al frente de su casa brillaba, recortado por una luz casi carnosa, el brote de sábila plantado por Ángela hacía sólo unos meses, el verano anterior.

Regresó a la cama, empujó con la cadera el cuerpo de su esposa y se metió debajo de las colchas. Entre el caos de ideas que pasaba por su mente mientras intentaba retomar el hilo del sueño, recordó un viejo proyecto personal. Una vez, pocos días antes de casarse, se le ocurrió contar el número de mujeres con las que se había acostado durante toda su vida, y resultó que eran veintinueve, lo que le pareció, tomando en cuenta la exagerada opinión que tenía de sí mismo, una cifra ridícula; así que desde entonces se había autoimpuesto una pequeña penitencia, un proyecto a futuro que le permitiría tener una boda feliz pese a haber descubierto lo mal amante que era: el día que cumpliera treinta años, Guzmán planeaba acostarse con la mujer número treinta de su vida. "No sería mala idea", pensó ahora, justo antes de volver a conciliar el sueño.

El balbuceo de Ángela lo sobresaltó:

—Feliz cumpleaños, mi amor.

CUMPLEAÑOS

(I)

DESDE LA HABITACIÓN de Guzmán, la mañana lucía como una vista proyectada por un Sony de pantalla plana. Había nubes espesas y compactas en las orillas del cielo. La sierra de Zapalinamé semejaba una tela negra con muchos pliegues y manchada por los restos de gis de un borrador.

Ángela se había levantado temprano, y enseguida se marchó a la casa de sus padres, en Parras de la Fuente. Iba a tener un día muy largo y atareado con los preparativos de la fiesta. Ni siquiera se había despedido de él, y eso de seguro la hizo sentir culpable, porque le telefoneó desde la carretera un rato después. Guzmán, por su parte, se quedó en la cama hasta las once, despierto, mirando por la ventana. Luego se desperezó, se dio un baño y decidió tomar su almuerzo en el Vip's de Presidente Cárdenas. Ahí se encontró casualmente con el Mayor, quien —tras felicitarlo con un abrazo lleno de palmadas— le explicó que no podría asistir esa noche a la cena.

—Perdóname, compadre: es que en la compañía estamos sufriendo una racha de accidentes. Sólo este mes, van dos custodios que se matan en la línea del noreste. No me puedo despegar de la oficina, y mucho menos salir de la ciudad.

Quedaron en que, para celebrar, se tomarían un par de tragos esa misma tarde, antes de que Guzmán viajara a casa de sus suegros. Se citaron a las cinco en el bar La Escondida.

EL MAYOR HABÍA nacido en Altamira, Tamaulipas. Todos los hombres de su familia hicieron, de generación en generación, cosas estúpidas, como perder un ojo en una riña o ahogarse en el Río Bravo cuando intentaban cruzarlo de mojados. Por eso él, que nunca había sufrido siquiera una fractura, se veía a sí mismo como al héroe que vence una maldición. Medía 1.91, pesaba 109 kilos y se llamaba Plutarco Almanza, aunque prefería que todos se dirigieran a él por su rango militar.

Su carrera en el ejército fue breve. Graduado como subteniente de caballería motorizada en el 89, fue destacamentado al comando de la Sexta Zona Militar, en Saltillo. Cuatro años más tarde, cuando regresaba de unas vacaciones en Mazatlán, dos campesinos intentaron asaltarlo en el Espinazo del Diablo. Plutarco metió una bala del 34 en la nariz de un muchacho de dieciséis años y pasó dos veces con las llantas de su vieja Ford sobre el cuerpo del otro hombre.

Ya con los documentos de su baja deshonrosa en el bolsillo, planeó irse a Matamoros, donde vivían unos parientes, y establecerse como narcotraficante al menudeo. Fue entonces cuando lo llamó el general Hinojosa, un militar retirado y propietario de la Compañía Mexicana de Seguridad Especializada.

—Usted es cabrón, Almanza, eso que ni qué. Ya no quedan muchos que se alebresten tan bonito. Mire —y le extendió un ejemplar del *Metro*—: hasta aquí en Monterrey salió en la nota roja.

Plutarco le habló de sus intenciones de emigrar a la frontera.

—No, no, no. No sea pendejo. Cuando se meta a traficar váyase en grande, si no, ahí lo veré: con un gramo y un plomo zumbándole en las jetas. No, usted se me queda en Saltillo. Si acepta, ahorita mismo lo hago Mayor en los rangos de la COMSE. Comandante de vigilancia ferroviaria del noreste.

Así fue como cambió su uniforme por pantalones de mezclilla, botas vaqueras y sombrero, y empezó a comandar un pequeño ejército de hombres prietos, bajitos y mal rapados, casi todos provenientes de las zonas rurales de Chiapas, Guerrero y Oaxaca. Mojados sin suerte, soldados desertores, burreros que recién habían salido de la cárcel, ex policías con fama de corruptos: un montón de holgazanes incapaces de memorizar las claves de radio-comunicación.

En el 94 se compró una Ford del año.

En el 95 pagó el enganche de su casa.

Durante los primeros meses subía a las plataformas, los contenedores y los vagones de cada tren bajo su custodia; golpeaba indocumentados y participaba de las ganancias de su gente. Luego descubrió que todo eso lo aburría, y prefirió quedarse en las oficinas, pendiente de los asuntos de recursos humanos, seguridad laboral y finanzas.

Sobre su escritorio había una computadora. Al principio la empleaba sólo para jugar al Solitario, pero al año ya estaba enganchado con la red. Pasaba todo el día en los chats de parejitas románticas, los pornosites y las homepages de bromas obscenas. Compraba en los mercados virtuales artículos que nunca usaría. Bajaba a su drive fotografías de actrices y modelos cuyos nombres le resultaban vagamente familiares. Se convirtió en un administrador minucioso: iba a todas partes con una calculadora Texas Instrument y una grabadora Sony portátil a la que dictaba mensajes, cartas, compromisos de agenda y claves que resumían el balance financiero de la empresa. Subió diez kilos. Actualizaba su computadora cada vez que la tecnología le brindaba nuevo software. Vivía rodeado de botellas de Don Pedro vacías y viejos casets con su propia voz.

Casi todas sus ganancias provenían de la venta de cocaína y mariguana. Traficaba en cantidades pequeñas, usando para ello los convoyes transnacionales del ferrocarril que sus hombres custodiaban, pero siempre con la protección y el consentimiento del general Hinojosa.

En el 97 se tomó un mes de vacaciones en Mazatlán. Pasaba los días bebiendo cerveza Pacífico y las noches buscando prostitutas que no apestaran a pescado. Narraba a todo el mundo su aventura en el Espinazo del Diablo. Se sentía mal. Vomitaba a cada rato. Dictaba durante horas al micrófono negro de su grabadora portátil. No sabía nadar. Estaba lleno de eructos y de pedos. Los niños se burlaban de su panza y de su short anaranjado.

También ese año se enamoró de Ángela Urbina, una recién egresada de Comunicación que hacía sus prácticas profesionales en la COMSE. A los pocos meses, Ángela anunció que se casaba con una especie de periodista o profesor de periodismo al que todos conocían por su apellido: Guzmán. Cuando supo de la próxima boda, Plutarco dijo a la pareja:

—Con todo respeto, les ruego que me permitan hacerles un obsequio hermoso, en verdad inolvidable: una luna de miel en Mazatlán. Les prometo que, si aceptan, no van a arrepentirse.

Ángela quiso negarse, pero Guzmán aceptó, a pesar de que sólo conocía de vista al patrón de su novia. Desde entonces, el Mayor se convirtió en el mejor amigo de la pareja. Cada vez que se refería a ellos, los llamaba "mis compadres".

YA ESTABA HARTA de Ricardo Arjona. Sostuvo el volante del Monza con la mano izquierda y hurgó con la derecha en la guantera: Carlos Gardel, Edith Piaf, Pedro Vargas, Ray Charles, Maria Bethania, Hank Williams… La horrenda música de Guzmán. Encontró un caset con el rótulo *Románticas*. Quitó del estéreo *Sin daños a terceros* y puso la cinta que, previsiblemente, empezaba con el gimiente bamboleo de *Only You*. La retiró de inmediato. Iba a 110 por la autopista Saltillo-Torreón. El polvo del desierto de Mayrán se apelmazaba contra los cristales del auto conforme se aproximaba a Paila, marcando estrías oscuras que corrían paralelas a la goma de los limpiaparabrisas. Al llegar al pueblo, estacionó el Monza junto a un Ómnibus de México y entró a la terminal de autobuses, cuyo interior parecía una tiendita de abarrotes con dos mesas de restorán. Caminó hasta la sección de refrigeradores en busca de agua.

—¿No tiene Evian? —preguntó a uno de los dependientes.

—¿Perdón?

—Agua. Evian. Es una marca.

—Ah, no. Nomás hay Sierrazul.

Extrajo del enfriador una botella y se dirigió a la caja.

—Disculpe —preguntó a la despachadora—, ¿habrá un teléfono de tarjeta?

—Nomás de monedas, señorita, ahí a la entrada. Pero si quiere le doy su vuelto en morralla.

Tomó el cambio y avanzó hacia un deteriorado teléfono negro empotrado en el muro. Antes de marcar, dio un par de largos tragos a la botella de agua, vaciándola casi hasta la mitad.

—Gracias por llamar a Telmex, le atiende Mónica. ¿A dónde desea su conexión?

Ángela dictó el número de su casa.

—La acepto, señorita, gracias —dijo Guzmán al otro lado de la línea—. ¿Bueno?

Ángela no supo qué contestar.

—¿Bueno?

—Odio tus pinches casets. Me siento como mi abuelita a cien kilómetros por hora en autopista de paga.

—Llamaste antes, ¿verdad? Es que me estaba bañando.

—No, no fui yo. Oye, perdóname por no despedirme, pero estabas durmiendo tan rico…

—Sí, me imagino. Al contrario. Gracias.

—¿A qué hora te esperamos?

—No sé. No tan temprano, porque todavía tengo que corregir galeras. Como a las nueve y media o diez.

—Como a las nueve y media o diez.

—Sale.

—O, si te vas a entretener, nada más me hablas.

—Sale.

—Pero me hablas, porque luego no voy a saber qué decirles a tus amigos.

—Te hablo. Pero no creo, porque sí voy a llegar.

—Oye.

—Qué.

—Tienes bonita voz por teléfono.

—Órale. Yo también te quiero mucho.

Colgaron.

Ángela subió al Monza, encendió el motor, puso de nuevo el caset de Arjona y enfiló rumbo al entronque con Parras. Tenía en el estómago una sensación cavernosa, como si el agua bebida cayera en un pozo y resonara. Un par de kilómetros adelante bajó la velocidad para atravesar un vado de terracería. Un anciano con el sombrero calado hasta las cejas se acercó a la ventanilla del auto. Ángela detuvo el auto y bajó el cristal. Una nube de polvo le cosquilleó la nariz.

—Ándele, señito, cómpreme estos dátiles. Cómprelos aquí que están más baratos. Con estas reumas, dónde cree que voy a llegar a Parras. Ni a Paila voy a llegar. Aquí cómprelos usted.

Ángela compró veinte pesos de dátiles. Mordió uno. Recordó un cuento que venía en su libro de lecturas de tercero de secundaria: mientras colgaba de un precipicio, sujetándose de una rama que poco a poco se desprendía, con dos tigres acechándolo y un ratón mordiéndole el antebrazo, un brahmán devoraba una fruta deliciosa.

"Tú CALMADA, YANET. Tú ni la peles. Es igual que cuando guisabas papitas con cebolla en casa de don Chago y su esposa se ponía de hocicona, pero a él las papitas le encantaban. Las otras viejas son así. Tú calmada."

Las palabras caían como golpes en la mente de Jacziri Yanet mientras sus manos repasaban con un trapo mojado las mesas del Pepe's Bar.

—Les explican a qué vienen —dijo la Gorda Rocha—, pero ellas siempre creen que es de putas. Luego los batos que se las cogen no les pagan, y al rato ya están panzonas de tanto abrir las patas gratis, o don Domi se cansa de lo huevonas que son y las corre a la verga. Ahí la tienes, Rojo: de muchos chores y sin brasier. Con este clima. Espérate otra semana, ya me darás la razón. A cuántas no miré yo pasar por aquí, válgame Dios.

La Gorda Rocha escupió en el cañito de agua paralelo a la barra. El Rojo continuó haciendo la liquidación. Jacziri Yanet fue hasta la radiola y puso una canción de Límite.

—Y luego te salen con que son menores de edad, las muy culeras. Una de vieja qué culpa tiene de que las nuevas sean tan pirujas. Aquí una viene a limpiar mesas, a agarrar propinas, no a andar de pajuela. Luego por qué don Domi se enoja.

—Lástima que no sabe cuánto lo amo —cantó Jacziri Yanet bailando entre las mesas.

—Tú me conoces, Rojo. Yo estaré vieja y fodonga, pero soy bien seria. Siempre me he dado a respetar.

Un riel de luz atravesó la puerta de dos hojas. Lentamente, un anciano entró a la cantina. Jacziri Yanet desconectó la radiola.

—Déjala, mi hijita —dijo el viejo—. A mí no me molesta. Buenas tardes —agregó, volviéndose hacia la barra.

—Buenas, patrón —dijo el Rojo—. Ya está la liquidación. Cargué dos botellas de Presidente que le prestamos a la Mague.

—¿Te dio con el corte?

—Sí dio. Aquí está.

El patrón tomó la libreta, pero no vio las cifras. Se dirigió a la mesa que limpiaba Jacziri Yanet.

—¿Cómo vamos, chaparrita?

—Aquí, señor Domi. Camelleando. Ya nomás me falta el baño de las damitas.

—No se me apresure. De todos modos lo van a mear.

Le frotó uno de los senos.

"Tú no te enojes, Yanet —repitió el golpe dentro de la cabeza de ella—. No es que el viejito te falte al respeto, sino que aquí las cosas no son igual."

Un hombre vestido con un jersey de los Dallas Cowboys y una gorra de Cementos Apasco entró a la cantina y pidió una cerveza.

—Cómo no, mi rey. Ahorita mismo se la traigo —dijo Jacziri Yanet.

—Pero ya la veré llorando —dijo la Gorda Rocha—. Qué le vamos a hacer, Rojo: en estos tiempos hay más putas que meseras.

Y escupió de nuevo en el cañito de agua.

—VAN A DAR LAS OCHO, Mayor.

—Nomás otro trago. Luego te mando en una troca de la empresa. Con chofer, porque así como andas no puedes manejar.

Caminaron hacia el sur por Nicolás Bravo hasta Juárez, y ahí doblaron al oriente, rumbo a la zona de las cantinas céntricas.

Como no era un bebedor asiduo, Guzmán disfrutaba mucho los efectos del alcohol. La sensación de que sus muslos se adormecían mientras que su pecho se ensanchaba, partiendo en dos su cuerpo y haciendo más densa la parte inferior, y la parte superior más volátil, le encantaba. "Ahora soy un centauro, igual que Pancho Villa", pensó en son de broma, y por un momento estuvo a punto de decírselo al Mayor. Pero desistió: era la clase de comentarios que lo dejaban en ridículo porque nadie los entendía. Tras este breve instante de euforia, volvió a sentirse un poco triste, como recordaba haber estado desde la hora del almuerzo.

Entraron al Pepe's Bar y eligieron la mesa más retirada de la barra.

—¿Qué les sirvo, mis reyes?

Ordenaron. Plutarco continuó la charla que había sostenido interminablemente desde que Guzmán lo conocía, y cuyos protagonistas eran siempre dos o tres imbéciles vigilantes de tren.

—Pues así es, compadre: uno trata de explicarles que las medidas de seguridad son para su propio bienestar, pero estos indios qué van a entender. Por eso estamos tan jodidos en México, por tanto indio. Si yo fuera el presidente, no me andaría con miramientos: yo ya me los hubiera chingado a todos.

Rió. Guzmán no dijo nada.

—No te creas, hermano. Si ya sé que te sientes zapatista. Estoy bromeando —agregó Plutarco, sin dejar de reírse mientras palmeaba el hombro de su amigo. Guzmán sonrió, pero se mantuvo en silencio. Se sentía deprimido, con una punzadita de dolor cada vez que pensaba en Ángela. Miró las piernas de la mesera que los atendía: un par de bultos nudosos y breves, unos tobillos esbeltos, unas pantorrillas morenas cuyos pelitos rubios les daban la apariencia de recién bronceadas. Toda esa piel al descubierto, y más arriba las nalgas enfundadas apenas en un short de mezclilla, como si debajo de la piel de esa muchacha todavía fuera verano.

Guzmán se volvió hacia el Mayor.

—¿Nunca has sentido esto: que estás en el lugar correcto pero ya es hora de que te vayas?

—Ay, compadre. No te claves. No es tan malo cumplir treinta, créeme. Vas a ver que luego luego te acostumbras.

—A lo mejor. Pero aún así: ¿no crees que es una mierda sentirte triste durante cien kilómetros, y todo nada más para llegar a una fiesta?… Peor todavía: a tu fiesta de cumpleaños.

—Muy fácil. Si no quieres, no vayas —dijo Plutarco, y desenfundó su celular—. Nada más háblale a Ángela.

La mesera regresó con las bebidas.

—Ése no es el punto. Allá están mis amigos y mi mujer esperándome. No les puedo fallar. Lo que yo quiero que me digas es cómo le haces para seguir feliz cuando ya te diste cuenta de que estabas feliz.

—Uno se da sus mañas.

—Pero cuáles.

—Acompáñame al baño y te lo digo.

—No me alburees. Esto es en serio.

—No, compadre: en serio. Ven.

Guzmán despachó su trago y siguió al Mayor hasta el mingitorio. Luego de entrar y cerciorarse de que la puerta estaba bien cerrada por dentro, Plutarco extrajo de su cartera una bolsita de plástico llena de polvo blanco y el tapón de una pluma Bic. Con el borde del tapón, tomó un poco de polvo y lo aspiró sonoramente. Guzmán dijo:

—Oye, pero eso te lo nota la gente, ¿no?

—Depende de quién sea la gente —contestó Plutarco, sorbiéndose los mocos—. Y de quién seas tú. Y de si te importa.

—No seas imbécil, claro que me importa.

—Entonces resígnate a esa mamada tuya de los cien kilómetros tristes. Y ya no cumplas años. Porque se va a poner peor, ¿eh?

Guzmán imaginó que el polvo se cristalizaba hasta adquirir destellos diamantinos, se deslizaba en espirales sobre el viento como la magia en las películas de Disney y, finalmente, se introducía en su nariz iluminándolo por dentro. El Mayor le palmeó el hombro.

—Ahora sí: feliz cumpleaños. Échate otro poquito, porque luego los primerizos resultan bien golosos. Y éste guárdalo —dijo, dándole el resto del sobre—, por si más tarde se te antoja. Y se te va a antojar.

Cuando salieron del baño, el ambiente del Pepe's Bar le pareció a Guzmán como espuma de cerveza licuándose sobre una alfombra. Reparó en los posters de mujeres desnudas que cubrían y afeaban los viejos forros de madera de los muros, y apreció brevemente la limpidez de los mosaicos cacarizos y el obsceno dulzor con que se congregaban ante su nariz los olores más fétidos. La cocaína hacía que todo fuera nítido, y, al mismo tiempo, soportable. Por primera vez en todo el día, pudo pensar en Ángela sabiendo lo que significaba aquella punzadita de dolor. Era resentimiento.

Cuando se sentaron de nuevo a la mesa, la joven mesera que los había atendido vino hacia ellos.

—¿Me permiten acompañarlos un momento?

El Mayor se quitó el sombrero.

—Cómo no, señorita. Buenas noches.

—Yo soy Yanet. Jacziri Yanet. Encantada.

—Éste es el licenciado Guzmán, y yo soy el Mayor Almanza.

—Se ve que platican ustedes bien bonito, y me dio tentación de participar. Es que es raro que los hombres sean así. Casi siempre se gritan y se pegan cuando andan pedos. O si no, se hacen puras joterías.

—No, mi reina —dijo Plutarco—. Aquí no hay joterías.

—Ya pasa de las nueve, Mayor.

—¿Qué —preguntó Yanet—, a poco ya es hora de que se vayan?

—Para el licenciado, sí. Tiene que asistir a su fiesta de cumpleaños.

—Ay, qué lástima… Quiero decir, de que te vayas. ¿Gumaro te llamas?

—Guzmán. Todos me dicen Guzmán.

—Muchos días de éstos, Gumaro. Que cumplas muchos más. Me imagino que será una fiesta muy bonita. Si me invitaras, yo te acompañaría. Pero hoy no puedo. El señor Domi me contrató apenas esta semana, así que por ahorita no le puedo fallar.

—Voy a agenciarte de una vez esa mentada camioneta —dijo Plutarco, dirigiéndose a Guzmán, y extrajo nuevamente el Nokia de la funda—, al cabo te mando con un chofer loco para que llegues a Parras casi a la hora prometida. Ya vas borracho, así que por eso no vas a batallar.

Volviéndose hacia la joven, agregó:

—Usted no se me vaya, ¿eh? Aquí se me queda sentadita. Ya ve cómo este ingrato me abandona.

Jacziri Yanet sonrió y recargó su cabeza en el hombro de Guzmán. Para evitar que los ruidos del bar le dificultaran la comunicación, Plutarco salió a telefonear desde la acera. La muchacha miró a Guzmán a los ojos y le acarició el cabello.

—Me cae que me hubiera gustado conocerte un poco más, Gumaro. Estás bien guapo.

—Dime una cosa, Yanet: ¿tú cómo le haces para seguir feliz?

—¿Qué?

—Sí. Cómo le haces con todo eso de la felicidad y la tristeza.

—Pues quién sabe… Oye, ¿no tendrás una moneda? Es para la radiola. Quiero que oigas una canción antes de que te vayas.

PARA ÁNGELA, COMO para el resto de la familia, la cenefa de la cocina era lo más bonito de la casa paterna: una línea horizontal de mosaicos que se prolongaba a lo largo de los cuatro muros, como a un metro sesenta del piso. Representaba, mediante contornos caricaturescos y colores cálidos, todas las posiciones y los momentos más intensos de un partido de beisbol. Cachers sonrosados azotando ampayers gordos con el reverso de la careta, jonroneros barbones sacudiendo el polvo de sus tacos contra el extremo grueso del bat, pichers panzones que exhibían en primer plano cachetes llenos de tabaco y de saliva, un tira-tira entre primera y segunda en el que los pantalones del corredor estaban rotos, filders que sujetaban la visera de sus cachuchas y calculaban el lugar preciso donde la bola caería: veintisiete figuras distintas. Cada una mostraba, en el extremo superior izquierdo, un número color miel calado sobre negro.

Las imágenes provenían de un juego de estampas de los años diez. El abuelo lo había comprado en un viaje a Boston a un precio que mantuvo indignada a su esposa durante el resto de su vida. Años más tarde, el padre de Ángela hizo reproducir la colección completa en cuadritos de cerámica esmaltada.

En sus recuerdos infantiles, Ángela relacionaba esos personajes con la manera de gritar de su madre y el silencio socarrón de su padre. Al principio, doña Eugenia se opuso a que las "chiflazones fanáticas" de su marido fueran el rasgo principal de su cocina. Pero don Eugenio se salió con la suya, y ese adorno se convirtió, al transcurrir los años, en el orgullo de su mujer.

Era una cocina amplia. Los muebles estaban empotrados en concreto recubierto de mosaicos color perla. La iluminación consistía en tres lámparas redondas colgadas desde el techo, a distintos niveles. Los objetos escaseaban. En contrapunto con la geometría y el resplandor translúcido, las escenas beisboleras daban a la habitación una atmósfera infantil y al mismo tiempo anticuada.

Ángela consultó su reloj. Pasaba de las nueve.

—Así como lo oyes, Gelita. Enseñándolo todo, como las pajuelas de esas revistas que tus hermanos compran tanto.

—Así son las artistas, mamá. Pásame más tocino, por favor.

Doña Eugenia extrajo del refrigerador un paquete de tocino, una bolsa de salchichas para asar y una bandeja de unicel con trocitos de carne.

—No, si a mí qué me importa. Pero, ¿te acuerdas, hija, cuando debutó? Fue en un programa de Verónica Castro dedicado a Enrique Guzmán. Y el señorón este que saca a su güerquita cantando la de *Ahí viene la plaga*. Todavía se usaban los discos de acetato.

—De vinil.

—No. Eran discos de acetato, hija. Así que Alejandrita está haciendo play back y que el disco se raya. Se fueron a comerciales, ya te has de imaginar. Cuando volvieron, la pobre no sabía dónde meterse. No te imaginas la ternura que me dio. Tan bonita. Tan avergonzada. Tú te acuerdas, ¿verdad?

—No.

—Y ahora… Perdóname, yo sé que te cae muy bien. Pero parece una cualquiera. Ya ves lo que ha salido. Lo del marido traficante y todo eso.

Ángela siguió cortando trozos de tocino y vaciándolos en la olla de peltre donde se marinaba la discada. Doña Eugenia se pasó un antebrazo por la frente.

—Pero canta bien.

—Sí, mamá. Canta bien.

—Pues ahí Cristo que la mire y la perdone.

El padre de Ángela entró a la cocina y tomó del refrigerador una lata de Miller Lite.

—Ya quítate esa piyama, Eugenio. No tarda en llegar la visita y no me gusta que te vean en fachas.

—No es piyama, Eugenia. Es un guardapedos.

—Y a ver si ya pones a calentar el disco. Que los huevones de tus hijos te ayuden, en lugar de estar viendo esos videos de cochinadas que les gustan.

Don Eugenio dio un sorbo a la cerveza.

—Cuáles cochinadas, mujer. Si estamos viendo el partido.

—¿Cómo van, papi?

—Ay, Gelita. A ti el beis no te gusta… —miró el interior de la olla de peltre—. Ya mero acaban, ¿eh? Ahora sí voy a decirles a Rubén y Adolfo que pongan a calentar el disco.

—Pues a ver si es cierto —dijo su esposa—. Y ponte un pantalón y una camisa.

Doña Eugenia vio con asco las gotitas de cerveza que resbalaban por las comisuras de la boca de su marido. Él soltó un eructo y se dirigió a la sala. Se detuvo frente a Ángela y, esbozando una sonrisa que lo hacía ver un poco más joven y le devolvía la virilidad, dijo:

—Gana Boston, Gelita. Tres carreras.

—Ay, qué bueno, papi. A ver si ahora sí.

—Vergüenza debía de darte ser tan grosero con tu hija. Y te suplico que no eructes como sapo delante de la gente.

Don Eugenio salió de la cocina. A través de la puerta que daba a la sala, flotando sobre los rostros sin rasgos de Adolfo y Rubén, sus dos hermanos, Ángela percibió el aura azul y granulosa del televisor.

GUZMÁN NO ENTENDÍA muy bien lo que Jacziri Yanet le contaba.

—Yo, cuando no quiero estar en una parte, me voy. Así nomás. Ni siquiera me llevo mis cosas. Para qué. O, cuando no quiero ir, no voy. El otro día don Chago quería llevarme a su casa de campo. Le dije que no porque ya no me gustaba, porque luego me hacía cosas que me hacían gritar mucho aprovechándose de que ahí nadie me oía. Le dije que no y se puso necio. Por eso me salí de Monterrey, porque, como encima de todo se nos ponchó la llanta, acabé dándole con una cruceta en la cara. Ni siquiera tuve chance de regresar a la casa y decirle unas cuantas a la esposa, que también ya me había cagado el palo. A duras penas pude agarrar el raite que me trajo a Saltillo... No está tan peor: aquí nomás soy mesera, y allá me pagaban lo mismo por ser la gata y la querida.

—¿Y tu hijita?

—No, ya para entonces hacía mucho que la había vendido, Gumaro. Esto que te cuento fue hace poco, apenas la semana pasada. Por eso te digo, y te lo digo por experiencia: si no quieres ir, mejor no vayas. Aunque... Pobrecita de tu esposa, la verdad.

—Sí. Ella es lo único que me apura. No sé... De todos modos, nunca la dejo plantada. Bueno, sólo una vez. Hace años. Cuando éramos novios.

—¿Y se enojó mucho?

—Uf, claro que se enojó. Todavía me lo recuerda cada vez que hace frío, porque esa noche se le descompuso el bóiler y, aunque estábamos casi bajo cero, tuvo que bañarse con agua helada.

—Bruto. Cómo no iba a enojarse. Yo te hubiera matado, me cae.

Ambos rieron.

El Mayor entró a la cantina. Un ligero temblor en una de las mejillas le descomponía el semblante.

—Me lleva la chingada. Son unos pendejos.

—¿Qué pasó? Mira, si es por la camioneta…

—Bueno fuera. No, compadre, no es por la camioneta. Ahora resulta que se me accidentó otro guardia. Apenas saliendo de Laredo. Pero si me cansé de decirles: "tenemos-prohi-bido-viajar-en-las-muelas".

—¿Cuáles muelas?

—Las junturas. Unos pinches fierros que entrelazan los vagones. Se los dije.

Guzmán se quitó los anteojos y los limpió con una servilleta.

—¿Y qué le pasó al hombre?

—No, si hasta tuvo suerte. El tren nada más le arrancó las dos piernas.

—Qué horrible. ¿Y qué piensas hacer?

—No sé. Por lo pronto, ya lo levantó una ambulancia. Y mis hombres están buscándome los restos.

—¿Los restos?

—Las piernas.

—¿Las piernas? ¿Para qué quieres tú las piernas, Plutarco?

El Mayor pidió otro trago con un gesto autoritario.

—¿Yo qué sé?… Alguna orden tenía que darles, ¿no?

HISTORIA DE UN PAR DE PIERNAS

(I)

CUANDO ERNIE de la Cruz se vino al norte, venía con la intención de establecerse en Houston. Pero luego de pizcar la nuez texana, descargar trailers en San Antonio y lidiar con la migra todo el tiempo, terminó como empleado de seguridad en los trenes que vuelven al sur desde Mac Allen y Laredo. No tardó en tomarle gusto a su trabajo. El uniforme le gustaba, las botas militares lo hacían lucir más alto y sus iniciales estaban grabadas en el hombro izquierdo de la chaqueta: *E. C.* Su equipo reglamentario incluía un aerosol de gas irritante, un juego de esposas, un walkie-talkie y una macana. Si en los rieles se topaba con vagabundos o ladrones, tenía permiso de ablandarles el cráneo a golpes hasta boquear de cansancio. Sólo había un problema: su patrón, el mayor Plutarco Almanza, lo odiaba. No podía soportar, creía Ernie, que hubiera entre las cuadrillas alguien que le ganara en eso de ser macho. A veces Ernie pensaba que si llegaba a renunciar a su empleo, o si de plano lo corrían, no estaría mal buscarle la cara al tal Plutarco en la calle, nada más para ver si deveras era tan bravo como decía cada vez que se tomaba unas cubas y contaba la historia de los dos rateros a los que había matado en el Espinazo del Diablo.

BITÁCORA DE BASE "San Hidalgo"
Laredo Tx 13:19 hs.

Se recibió instrucción desde Saltillo Base Central Noreste directamente
10-28 MAYOR firma documento vía fax que explica que todos los custo-
dios que salen en el convoy de las 20:25 hs. deberán reportarse a Base
Central y ser sustituidos por personal de refresco ya que estamos teniendo
una racha de accidentes y no hay para qué arriesgarse asimismo solicita a
los custodios que salen de Laredo que recuerden que ESTÁ ESTRICTA-
MENTE PROHIBIDO VIAJAR EN LAS JUNTURAS QUE UNEN CADA
VAGÓN aunque haga frío y es preferible si no pueden sostener todo el via-
je descansar sin goce de sueldo en las bases adjuntas ya que quien no obe-
dezca será castigado por tres viajes seguidos y si alguien vuelve a caerse del
tren todos nuestros seguros de vida se suspenden hasta nuevo aviso.

10-28 Vago (Teniente Zamora) informa quiénes serán los custo-
dios en servicio de Laredo a Saltillo:

10-28 Pulga (jefe de cuadrilla)
10-28 Suriano
10-28 Pascual
10-28 Zebra 3

Firmado
(R. Op.) 10-28 Vago
Teniente de la base

Posdata:

Asimismo se le ordena al 20 Ernie de la Cruz (10-28 Suriano) que si va a conservar a su mascota la recoja de esta base y se la lleve a su casa, pues no nos está permitido mantener animales en la zona laboral. Lástima, porque ya todos nos habíamos encariñado con la gata.

EL VIENTO SE AFILÓ tras una curva. Ernie tensó la clavícula y volvió el rostro hacia la parte posterior del convoy. Entre jacales de madera y bardas a medio construir destellaba aún, a la distancia, el alumbrado público de Nuevo Laredo.

Mientras certificaban el convoy en la garita, había acomodado un trozo de cartón encima de la muela que unía el cabús al último de los contenedores, y se había instalado sobre la base de acero a horcajadas, sujetándose con ambas manos de la varilla de los frenos. El convoy comenzó a desplazarse, primero lentamente, luego acelerando poco a poco y esparciendo un penetrante olor a diesel. Ernie se mantuvo inmóvil durante largo rato, hasta sentir que los huesos y la piel de sus muñecas se fundían con el metal oxidado del vagón.

La sed, el frío y el aburrimiento lo adormecieron. Tenía la lengua seca e inflamada. En medio de los tironeos y sacudidas, sacó de su chaqueta una cajetilla de Delicados y se la pegó a la boca varias veces, hasta morder un cigarro. El tren se inclinó sobre el costado izquierdo. Ernie dejó caer la cajetilla y arqueó la espalda para hacer equilibrio. Entrecerró los ojos. Las luces de una ranchería ubicada a la izquierda del riel desfilaron sobre sus párpados. Un objeto golpeó contra la muela de acero y rebotó hacia su cara. Instintivamente, Ernie se llevó la mano derecha a la mejilla en la que había recibido el golpe. Por efecto de ese gesto, que lo desequilibró con respecto al bamboleo del convoy, sus nalgas resbalaron sobre el pedazo de cartón que las protegía del acero. El talón de una de sus botas trastabilló contra el suelo de cascajo. Ernie inclinó el torso hacia adelante para equilibrarse. El olor del óxido de fierro penetró agudamente en su nariz. Deslumbrado por las luces de la ranchería, intentó a ciegas sujetarse nuevamente de la varilla de los frenos. Su mano quedó prensada entre las dos piezas de acero que unían los vagones. El juego de la muela le cercenó tres dedos. El dolor lo obligó a soltarse por completo. Su cuerpo cayó bocarriba sobre la grava y los durmientes. Pudo escuchar con claridad los chirridos del fierro oxidado. A través de las lágrimas y las manchas de sangre, percibió por un instante la silueta de los contenedores, que se agitaban sobre su cabeza. Iba a desmayarse cuando las ruedas delanteras del cabús pasaron sobre sus piernas, cortándolas de un solo golpe.

El sonido del tren se extinguió.

Las luces de la ranchería seguían brillando.

EL CHOFER DE LA ambulancia no conocía los caminos vecinales, por eso se metió por la terracería que ostentaba la inscripción "Las Carantoñas 5". De haber seguido por la carretera (pero esto no lo supo sino hasta meses después, cuando contó por casualidad la anécdota del accidente a un compañero de juerga que resultó ser originario de esa comunidad), se habría encontrado unos kilómetros al sur con este otro señalamiento: "Las Carantoñas 9". Y la diferencia no era la distancia por recorrer. La diferencia era que el segundo entronque sí llegaba hasta el poblado, en tanto que el primero terminaba en un sembradío, como a trescientos metros de las vías del tren.

Luego de saltar una cerca de alambre de púas y resbalar dos veces sobre el lodo, los socorristas Koyak y Samurai llegaron hasta el punto donde brillaban las linternas.

—Pero cómo serán pendejos —dijo uno de los hombres que los esperaban—. ¿Por qué no se vinieron por el otro lado?

—¿Pendejos nosotros? —contestó Samurai esbozando una sonrisa—. Nosotros no nos caemos de los trenes.

Pero nadie le festejó la broma. Koyak se arrodilló junto al herido y extrajo de su cinturón lo necesario para brindarle los primeros auxilios. Samurai extendió un saludo militar al grupo que los había recibido.

—Teniente Chávez de la Brigada de Socorro. 10-28 Samurai.

—Comenta, Samy, comenta —vibró el walkie-talkie que llevaba al cinto—. Aquí clave 2.

—¿Cómo lo ves? —preguntó Samurai a Koyak mientras tensaba la camilla militar.

—Mal. Hemorragia por desprendimiento de ambas extremidades inferiores. Hemorragia en la mano derecha. Signos vitales en shock. El traumatismo dejó obstrucciones sobre venas y arterias, pero dudo que baste con la presión directa. Lo más seguro es que requiramos torniquetes, y los muñones no presentan superficie. Lo primero es llevarlo a la ambulancia. Necesita morfina. Hay que prepararse para RCP, por si el shock se agudiza.

"Y ni modo de atacarlo alzándole las piernas", pensó Samurai, pero ya no lo dijo. Dejó la camilla en el suelo y se comunicó por radio.

—Clave 2. Doble 3 afirmativo y en trámite. Comenta, Guitarrón: ¿no puedes acercarte un poco más?

—Negativo —respondió el walkie-talkie—. No hay otra pasada.

—Sí hay —dijo uno de los espectadores—, pero apenas que se devolvieran a la carretera.

—La ambulancia —pidió Koyak—. Pero ya, Samy. Ya.

Samurai vio por primera vez el cuerpo del herido: tenía los ojos en blanco y su cabeza se sacudía con violencia. Los muñones de ambas piernas se agitaban entre las manos de su compañero. Las heridas estaban cubiertas por una capa de vendas y gasas que se ensanchaba a cada momento, goteando sobre un sitio en el suelo hasta el cual no llegaba la luz de las linternas.

—Está bien, señores: vamos a trabajar. Necesito asistencia para subir al herido a la camilla. Hay que hacerlo en un solo tiempo, mediante conteo, para no lastimarlo.

Trató de disimular la repugnancia que le provocaba el inclinarse sobre los muñones.

—Mientras mi compañero y yo vigilamos la hemorragia, ustedes van a trasladar la camilla.

* * *

Samurai encendió un More. La velocidad y el ruido de la ambulancia estaban a punto de hacerlo vomitar. Por fortuna, el carnet laboral del herido les había franqueado de inmediato el cruce del puente internacional. Las luces de Laredo Texas iluminaban ya las ventanillas del vehículo.

—No puedes fumar aquí —dijo Koyak sin mirarlo, ocupado en mantener estable al paciente.

Samurai arrojó por la ventana el cigarrillo recién encendido.

—Lo disfrutas, ¿verdad?

Koyak se encogió de hombros.

—Es mi trabajo.

—Eres un morboso.

—A lo mejor, Samy. Pero ojalá tú fueras tan morboso como yo. Así al menos habrías encontrado la vena que te pedí que presionaras.

Samurai prefirió no responder. Al fin y al cabo, era gracias a Koyak que lo consideraban uno de los mejores socorristas de la institución. Se deslizó sobre el banquillo lateral hasta el ventanuco que daba a la cabina. Movió el cancel hacia la izquierda.

—A ver si ya te enseñas a manejar. No llevas pollos.

El chofer le sonrió a través del espejo retrovisor.

—¿Qué, ya te regañó el otro y ahora vienes y te desquitas conmigo? No le hagas caso, está traumadito. Por eso nadie más que nosotros quiere hacer guardias con él.

Una Suburban blanca se deslizó tímidamente hacia un lado de la calle para dejarlos pasar. Eso eran ellos, pensó Samurai: los únicos y auténticos dueños de la prisa. Los violadores de todos los semáforos. Miró de nuevo hacia la parte posterior de la ambulancia. Koyak acomodaba la cobija de franela sobre el pecho del guardia ferroviario.

—¿Cómo lo ves? —preguntó el chofer.

—Igual de mamón que siempre.

—No, idiota, que cómo ves al poli.

—Ah. Por ése ni te apures, que aquí tienes a tus socorristas estrellas. Sigue estable. Ni en la clínica podrían atenderlo mejor. Aunque eso sí: como que lo veo un poco más chaparrito que ayer.

BITÁCORA DE BASE "Gerardo González"
Nuevo Laredo, Tam.
Informa 10-28 Josafat

Cambio de guardia sin novedad gracias sean dadas a Jehová Dios por permitirme entregar este turno y que la luz del Padre nos ilumine nos mantenga alejados de la mano del Maligno el Enemigo Malo que siempre busca atenazarnos como si fuéramos chivitos de esos que los ejidatarios de por aquí matan de vez en cuando y nos convidan a comer.

    Mensaje de última hora:

    Un nuevo accidente Jehová no por favor no nos abandones en esta negra manifestación de Satanás la Oscuridad de los Tiempos parece apoderarse de nosotros y ya el designio de EL FIN DE LOS TIEMPOS parece manifestarse en estas y otras abyectas manifestaciones del Mal Señor protege a mis hermanos y perdona los equívocos de su malsana FE.

    De acuerdo a los informes hay un 20 caído en el riel. 10-28 Bareta toma el control de comunicaciones y bitácora y yo me retiro pidiendo a Jehová Dios con toda mi alma nos SALVE de este pozo oscuro y pestilente que es la vida mundana permitiéndonos entrar en SU GLORIA como hará con el hermano muerto si es que está muerto que es lo más seguro luego de caerse de cabeza del tren pero este hermano si es la VOLUNTAD DIVINA será salvo no le hace que tenga la cara toda apachurrada o que se le hayan salido las tripas porque con todo y tripas a la vista entrará en la GLORIA no hoy ni mañana sino el día señalado que cada día parece más cercano y que es el día del JUICIO FINAL.

Firmado
10-28 Josafat (R. Op.)
2150 hs.

ERNIE DE LA CRUZ tenía comezón en las piernas. Una comezón endiablada, más urgente que ninguna otra cosa de la que pudiera acordarse. Comezón en los muslos y los tendones y los tobillos. Comezón en las plantas de los pies. Una sola cosa veía: el rostro ensangrentado de un trampa. Ernie y otros dos custodios habían robado diez estéreos de los carros que la General Motors Saltillo enviaba a Mac Allen por la vía ferroviaria. El Mayor estaba furioso y necesitaban culpar a alguien. Lo escogieron en Monterrey, en los patios de la colonia Estrella. Era güerito, pero andaba cochino y apestaba a leche rancia. Párate ai pinche menonita, le gritaron, pero el muchacho ya sabía la que le esperaba y salió corriendo. Lo alcanzaron detrás del tercer convoy. Le restregaron la jeta en el cascajo y lo patearon. Ratero modafóquer, así te queríamos agarrar ojete, a ver, quiénes son tus brodas y ónde echaste los estéreos. Cuáles estéreos, gritaba él, por mi madre que yo no. Lo esposaron a la escalerilla de uno de los vagones y, por turnos, lo golpearon con puños y macanas. Luego lo entregaron a la policía y se lavaron las manchas de sangre en los baños de la estación.

Sillyball era un buen nombre para dar a una mascota, ¿a poco no? Ahora estarían tratando de quitársela entre todos, hasta el teniente, que le había ordenado llevársela a su casa inmediatamente pero que, a la hora de la hora, dijo que la gata podía quedarse en la base San Hidalgo hasta el próximo viaje, todo con tal de conservarla y acariñarla un poquito más. Maricones.

Lo habían internado. Por todo el pasillo. Tenía sed. Se dio cuenta de que lo internaron por las lámparas. Como en las películas. Estaba herido. Siempre que en las películas llevan a un herido se ven pasar así las lámparas. Una enfermera. El gorro blanco adornado con una raya horizontal.

En San Jerónimo se chingueteaban bien bonito. Toda la costa y la sierra tenían fama. Los de Petatlán, los de Tecpan, los de Zihuatanejo, hasta los de Acapulco; pero más más, los de San Jerónimo. Allá arriba había un piélago lindo: era un agual reciente, chiquito, que bajaba en cascada a otro piélago más grande y luego en otra cascada hasta uno más grande todavía. Mira pues aquel cerrito, le decía su pa de vez en cuando mientras él se zambutía en el piélago redondo de allá arriba. Mira pues, Neto: el cerrito ese que tiene dibujado como un número seis de puro pele donde no crece ni una hebra de rama. Ernesto lo miraba, se zambutía de nuevo y respondía: sí, pa. Ya lo miré. Y su pa: yo también aquí nadaba pues, zanquita, hasta que vino la tormenta del 66 y dejó todo esto jodido, todo, el pielaguito donde te zambutes, no sabes, era regrande. Sí pa, contestaba él zambutiéndose y sacando la cabeza del agua a cada frase, ya me lo referiste, fue la tormenta más grande y por eso el cerrito ahora tiene como dibujado de puro pele un número seis, por la fecha: 1966.

Su casa estaba siempre llena de gatos, llena desde la vez en que su madre encontró una hembra gorda encaramada en el almendro. La adoptó. Era una hembra gris, grande, peluda, con unos plazos de celo tan jariosos que todos los árboles y los techos vecinos se llenaban de maullidos llorones mientras ella, con el culo alzado y el lomo tembeleque, trajinaba de un lado para el otro del patio entre pleitos y arañazos de los machos, hasta que venían tres, cuatro, cinco y la cogían por turnos durante toda la noche, no había insulto o zapatazo que por días espantara a todos esos gatos huevones y convulsos, hasta que la hembra peluda se preñaba y anda vete: a los dos meses escasos ya tenía nueva camada. Así fue como la casa se pobló de animales.

Dos muchachas hablaban junto a él. Una de ellas le enjugaba la frente con un trapo húmedo. Tengo fiebre. Pero no era eso lo que le impedía despertar. Lo sabía porque ya muchas veces había tenido fiebre. Como cuando lo mordió una araña en casa de su tío Genaro. O cuando por el Bravo pasaba en cámaras de llanta un cargamento de nueces. O también cuando era niño y se enfermaba a cada rato. No era la fiebre lo que lo mantenía dormido. Le habían dado algo, una pastilla, una inyección, una botella de suero, algo que aislaba en una burbuja de felicidad vacía todos sus pensamientos. Era por eso, también, que tanta comezón. Una de las muchachas le cubrió los ojos con la mano. Tan caliente, qué desesperación. Hubiera preferido hablar con ella, invitarla a tomar una cerveza, a un baile de los Traileros, a ir de compras al Otro Lado. Dicen que las enfermeras son todas facilitas. No entendía ninguna de sus palabras, pero la voz era linda. Lo arrulló.

Qué comezón. Las muchachas seguían platicando. Enfermeras. No podía descifrar ni una sola palabra. Nuevamente trató de abrir los ojos. Una luz fuerte, de seguro una lámpara como las del pasillo. Pero no: en los cuartos de hospital siempre apagan la luz. Tenía ganas de reírse, tontamente cómodo en la desesperación. Pero no podía.

La recolección de nuez de contrabando. De madrugada. Más allá de la Colombia. Por Hidalgo. O mejor hasta Guerrero, ya cerca de Piedras Negras, que es donde nunca se aparece el aduanal. Don Luis le había enseñado: echas al agua la cámara de llanta y te pasas el río montado encima de ella con un costal de rede, luego te metes al campo del texano y coges todas las nueces que puedas, que al cabo ellos ni las alzan, se quedan nomás con la que cae en los embudos de la vibradora mecánica, o en veces contratan a dos que tres mojarras y les pagan una madre pa que les arrejunten el nuecerío, chingá, mejor que se vengan acá esos compitas y los dólar se hacen más, te digo que no las alzan, pero de todos modos ponte al tiro Ernie, póngase vara, nunca falta el ranchero que saca la escopeta y entonces sí forguérit, chupas faros, pero si no, no hay bronca: trepas la rede en la cámara de llanta y te devuelves patrás. Nosotros te esperamos en la troca.

Trabajó más de un mes en la pizca clandestina, hasta que las fiebres constantes y el dolor de huesos y las escopetas lo convencieron de que uno podía ganarse el dólar de otra forma, no tan nasty, tan jodida. Con las ganancias compró algo de ropa nueva y se paseó por todo Monterrey.

Sillyball. Era bonito nombre. A ésta no la iba a dejar hacerse tanto daño en las guerras con los machos, porque si no se la iban a dejar toda desorejada, como la gatota que su madre había encontrado en el almendro, no en ese momento, pero sí ya de vieja, con la cabeza casi casi hecha tasajo de tanto coger y luego no dejarse coger por los machos más bribones.

Buenos para pelear allá. Luego cayó una tormenta y el pielaguito de San Jerónimo y los dos aguales grandes desaparecieron con todo y sus cascadas. No quedó más que puro lodazal. Los de Arcelia dijeron que no eran las tormentas, eran los chilangos que canalizan toda el agua a su ciudad y lo dejan a uno lacio de hambre y de sed. Será el sereno, pero el pielaguito se fue sin dejar ni un rastro ni un número que le permitiera a Ernie recordar el año de la tormenta, ni un solo signo para contarle a un hijo futuro desde dónde y hasta dónde su padre nadaba: puro lodo, puro charcal lleno de cuitas y pisadas de gallinas. Los de Arcelia, encabronados, se treparon a la sierra. Todos los guachis. Quesque a hacer una guerrilla.

Lo bueno de Monterrey es que ahí uno siempre se consigue una chamaca… ¿Qué habría sido de la Jacziri Yanet, con lo buena que estaba, tan buscona y caliente aunque fuera chiquilla? Como las de allá, pensó, las de Chilpo y también las de Cuaji, que a los catorce se ponen frondosas y jariosas y a los veinte ya están acedas como las cocas que se venden a la orilla del riel. Qué sabrosa la Yanet. Lástima que saliera embarazada.

Como las gatas, carajo: apenas tienen tantito celo, y ahí está la camada. La casa llena de aullidos.

Una vez le deshizo la cara a uno que era de Arcelia. Quesque venía a conquistar a las muchachas, quesque su parentela sembraba la golden y cargaba pistola en Atoyac. Se lo topó en el baile y ni siquiera le avisó: le dio con la botella en la cabeza y lo zarandeó a jodazos en el suelo. Le sacó un ojo de una patada con la punta de una de sus botas grises. Esto es para que se le quite lo felón. Su pa se puso tan muino que le dio tres chicotazos con una cadena de tiempo. Luego lo mandó a esconderse a casa de la comadre, en Zihuatanejo.

Las enfermeras se fueron. La luz desapareció junto con sus voces. Ernie quiso alargar el brazo hasta sus piernas. No pudo. Recordó, envuelto en un halo de tranquilidad, el dolor, rico dolor, mayor que nunca; la cara manchada de sangre, unos hombres cargándolo acostado, y él bocarriba, de cara a las estrellas. Bajo las ruedas de los vagones, un destello de alumbrado visto con el rabillo del ojo.

Los de Arcelia dijeron que el gobierno les quitó su piélago, su agual. Todos los chamacos a la sierra. Quesque guerrilleros. El gobierno les ofreció centavos a cambio de que depusieran las armas. Ellos aceptaron, dijeron que sí, que les dieran los billetes pero también salvoconductos, perdón completo, seguridad. Los militares les juraron que así iba a ser en el futuro. Les juraron y luego les partieron toda su puta madre. Los emboscaron en un cañón. Ernie vio los cadáveres antes de que los guachos los quemaran: a unos nomás los balacearon; a otros también les dieron de machetazos en la cara. Y dicen que el gobierno sí mandó esos centavos, pero que el comandante del ejército se los prefirió quedar. Todo por un puto piélago sin nombre, jodido en la tormenta.

Su pa le dijo: vete al norte; mira pues que el tuertito es rencoroso, y si te trenza nos vas a perjudicar a todos. Yo ya no quiero más muertes en mi casa.

Cogió lo poco que tenía: cuatro camisas, tres pantalones.

Sus botas. Su pa le puso en las manos un guato de mota para que lo vendiera si había necesidad. Un gallo en Tecpan. Otro en Acapulco. En Marqués comió erizos y caminó fumando junto a una /

Eran sus piernas. Debajo de las ruedas del convoy. Totalmente aplastadas. Con razón tenía tanta comezón en los tobillos.

EL EXPERIMENTO DE DOC
(I)

HINCHADO Y DEFORME, como a través de una bola de cristal, Dr. Moses se veía a sí mismo llamando a una puerta. Casi enseguida, un hombre de lentes —bajito y moreno, pero de rostro y complexión muy atractivos— aparecía al otro lado del umbral. Doc le preguntaba por un sacacorchos que, al parecer, le había dejado antes en calidad de préstamo. El hombre decía: "Claro, podemos ir por él. Lo tengo allá arriba". Dr. Moses entraba a la casa y ambos subían por unas escaleras. El moreno bajito iba al frente. Luego él. Y alguien más los seguía; tal vez Shannon. De pronto, un bisturí nuevo y brillante aparecía en una de las manos de Doc. Al principio no sabía qué hacer con él, porque nadie alrededor estaba en trance operatorio. Pero luego aceptaba que, en esas circunstancias especiales, usar el bisturí como instrumento de tortura era casi inevitable. Así que sujetaba al hombre por el cuello moreno y, poniéndole el filo frente al rostro, decía:

—Tú tranquilo, no quiero matarte, nada más quiero hacerte llorar.

Luego se abría la bragueta y obligaba al desconocido a acariciarle el pene con las manos, las nalgas y la lengua.

Antes de despertar, Doc Moses tuvo tiempo suficiente para preguntarse por qué siempre humillaba al tipo que aparecía en su sueño recurrente mediante el juego sexual, si en la vigilia nunca lo habían erotizado los varones. La imagen y la pregunta se disolvieron poco a poco en la bruma de la conciencia. A tientas sobre el colchón, Doc se topó con un torso tendido a su lado. Recorrió con los dedos lo que parecía una piyama de lana, hasta rozar un pezón bajo la tela.

—¿Shannon?

Shannon lo empujó y se cubrió el pecho con los brazos.

—No hagas eso —dijo—. Es desagradable cuando estás dormida.

—¿Qué estás haciendo aquí? —insistió él.

—Es que hace mucho frío —contestó ella, acurrucando sus pies desnudos entre las piernas de su padre.

ENTRÓ AL ST. MARGARET por la puerta de Urgencias para evitarse las injuriosas rutinas burocráticas de la recepción. Después de todo, y a pesar de que él nunca había trabajado ahí de fijo, la mayoría de los empleados lo conocía bien; le parecía estúpido repetir cada semana los mismos trámites y preguntas. Faltaba un rato aún para que fuera mediodía, pero el ajetreo en ese sector de la clínica ya resultaba enervante: ni las enfermedades mal cuidadas, ni los accidentes laborales o automovilísticos, ni siquiera las peleas a navaja entre chicanos sabían de horarios en Laredo.

Repentinamente, se sintió tenso y de mal humor. El ambiente hospitalario le chocó más de lo acostumbrado. La pronunciación de los camilleros latinos se desplazaba con torpeza, como si las vocales del inglés se volvieran gordas en aquellas bocas bulbosas. Las ruedas de las camillas rechinaban. El tufo amargo de la infección se mezclaba con alcoholes y excipientes, envenenando el aire. Casi podía percibir, en su imaginación, la fuerza comprimida de las hipodérmicas y la incisión de las agujas en la piel.

Fue esa fantasiosa hipersensibilidad lo que le ayudó a presentir otro de sus ataques.

Se recargó en un muro y se cubrió el rostro con la mano derecha, esperando la descarga. Primero vino un resplandor, después aparecieron sucesivas imágenes que se encajaban, más que en la vista o en la mente, en los huesos y la piel del cráneo, como navajas muy afiladas: una mujer de cabello castaño mordía una fruta mientras conducía su automóvil, un gordo tocado con un sombrero de fieltro hablaba a un celular, había una planta de sábila seca iluminada por la neblina, dos hombres se masturbaban frente a un video porno, oxidados vagones de carga, una muchacha regordeta mirándose al espejo en una habitación de hotel, una montaña gris con tantos pliegues que parecía un trozo de tela... Tras un instante de intensidad insoportable, el dolor y las alucinaciones se desvanecieron, dejando paso a una especie de alivio neumático que palpitaba por toda su cabeza.

—¿Se encuentra bien, doctor? —preguntó alguien a su lado.

—Sí, sí. Perfectamente —dijo él, sin abrir los ojos—. Es tan sólo mi jaqueca matutina.

Doc estaba seguro de que esos ataques formaban parte de su pesadilla recurrente: la del hombre al que obligaba a acariciarle la entrepierna en el descansillo de unas escaleras. No poseía ningún argumento clínico para establecer semejante conexión; simplemente lo sabía con la certeza de un creyente o un condenado.

Los sueños habían comenzado varios años atrás, antes incluso de que enviudara y, tras un breve luto, él y su hija se mudaran de Houston a Laredo. La migraña y las visiones, en cambio, llevaban sólo unos meses. Sin embargo, crecían con voracidad silenciosa. Estaban destruyéndolo.

—Por eso —murmuró Doc para sí— es urgente encontrar al sujeto de mi experimento.

—¿Perdón? —dijo la voz a su lado.

Doc aspiró una larga bocanada de aire y abrió los ojos. La sala del St. Margaret seguía siendo una zona de desastre llena de enfermeros nerviosos y cuerpos desencajados, sucia y patética, pero piadosamente real. Junto a él se había detenido una vieja afanadora que lo miraba expectante, con ojos saltones y turbios. Disimulando su repugnancia, Doc le sonrió.

—Gracias. Ya estoy mejor.

Ajustó su corbata y se frotó los párpados con las yemas de los dedos. Luego caminó hacia los ascensores, prodigando palabras de aliento a los borrosos bultos de tez oscura y ropas blancas que se cruzaban en su camino.

EL EXPERIMENTO DE DOC consistía, a grandes rasgos, en inyectar al paciente idóneo una mezcla de sustancias diseñada para ocasionar la muerte por éxtasis. Había imaginado ese compuesto poco después de enviudar, en el transcurso de una larga y dolorosa depresión que paliaba con whisky, demerol e ideas descabelladas. Originalmente, su intención era desarrollar la droga para administrársela a sí mismo; pero, conforme pasaron los años, los impulsos suicidas fueron adormeciéndose en su interior. La seducción del éxtasis químico, en cambio, creció hasta convertirse en la médula de su actividad profesional.

Moses había aprendido a manejar las sustancias gracias a su padre, un químico prestigiado que, durante los años 60 y 70, trabajara para la patrulla fronteriza y las brigadas antinarcóticos en diversos proyectos, algunos de los cuales se mantenían aún en secreto. A través de la rígida disciplina paterna, y aunando a ésta una curiosidad innata, Doc conoció desde muy joven las sutilezas de las síntesis químicas y las posibilidades terapéuticas de sustancias escasamente exploradas. Este conocimiento contribuyó a convertirlo en un médico exitoso, y de seguro le habría granjeado buena colocación en alguna clínica de la Costa Oeste. Sin embargo, cuando Moses salió de Houston —donde había pasado casi toda su vida adulta— fue para avecindarse en una plaza laboral que cualquiera de sus mediocres colegas habría considerado inmunda: Laredo, una ciudad fronteriza poblada básicamente por inmigrantes mexicanos.

Moses tenía dos razones para optar por Laredo. La primera, que confesaba a todo aquél que estuviera interesado en oír explicaciones, era el paisaje: su padre había poseído propiedades al oeste de esa ciudad, y había trabado amistad con algunos rancheros mexicanos y méxico-americanos, por lo que parte de la infancia de Doc transcurrió en ese territorio de vegetación achaparrada, ríos ocultos entre los pliegues del desierto y colinas pobladas por los restos de un bosque prehistórico. La segunda razón para vivir en Laredo era un secreto: Moses pensaba que, en una comunidad de la que se sabía naturalmente excluido por cuestiones raciales, sería más sencillo consagrarse al experimento.

Al principio, el diseño de la "droga extática", como la había bautizado, resultaba absolutamente predecible: un compuesto a base de papaveráceas, una carga de ansiolíticos y varios rangos de eritroxiláceas procesadas, todo disuelto en un excipiente común. Pero, conforme pasaban los años, las exigencias de la sustancia iban complicándose. A base de estudio, Moses descubrió que debía tomar en cuenta la alteración de los rangos perceptivos del sujeto, y no sólo el éxtasis físico. Por otra parte, empatar la condición cardiaca con un estado pleno de conciencia resultaba complicado. El dolor, el placer, la lucidez y la muerte parecían excluirse en una forma parcial: tres de ellos podían combinarse indistintamente, pero sólo inhabilitando el cuarto. Moses, que tenía una firme —aunque poco ejercitada— formación católica, trató de abordar la cuestión desde una perspectiva geométrico-metafísica: ¿cómo convertir un triángulo en un cuadrado sin romper su equilibrio formal y espiritual?… El asunto lo desvelaba tanto que, sin saber bien a bien cuál era la causa de su languidez, pacientes y colegas llegaron a pensar que era un santo o un sabio.

Sin embargo, más tarde Doc se preguntó: ¿qué tan importante era la perfección teórica de la droga extática, si de cualquier modo no podría hacer pruebas de ensayo y error dada la naturaleza del experimento, y el hecho esencial —la inducción de la muerte— podía ser garantizado, y ya bastante haría con brindarle a un miserable el goce más profundo que su mente clínica y sus nítidos nervios eran capaces de imaginar?

Convencido, abandonó su estado de postración y, en apenas un mes de moderada labor, consiguió destilar diez ampolletas de su místico producto.

Fue entonces cuando las pesadillas comenzaron a salir de sus sueños y a abordarlo, fugazmente, en los estados de vigilia. Podía estar en medio de una fiesta y ver, de pronto, la figura de un uniformado que revisaba con la ayuda de una linterna una contrahecha estructura de acero. Y una vez, al salir del baño de su casa, sintió que el hombre de su pesadilla recurrente lo observaba desde la ducha.

Cierto que su enfermedad no pasaba de ser una especie de epilepsia, e incluso una de tipo muy discreto, pues los ataques eran tan breves que casi nadie los notaba, y al cabo de ellos podía seguir normalmente con su rutina —cosa imposible para un epiléptico real. Sin embargo, Doc estaba seguro de que en el fondo de aquellas imágenes yacía la más cruda crueldad, aguardándolo con la misma euforia con la que Satán aguarda a las almas perdidas. Por eso decidió que, si quería salvarse, debía encontrar al paciente idóneo lo más pronto posible.

Lo buscaba sin descanso, aunque también sin fortuna, haciendo toda clase de visitas (caritativas, académicas, casuales, impecablemente profesionales) a cada uno de los hospitales de Laredo. Tenía un perfil claro del sujeto al que necesitaba: debía hallarse muy enfermo, pero no en fase terminal; debía radicar, de ser posible, lejos de sus parientes; debía mantenerse en un estado de profunda indefensión, pero lo suficientemente lúcido como para entender que su doctor estaba a punto de matarlo. Debía además —y ésta era una cuestión fundamental— ser de origen latinoamericano, lo mismo que los fantasmas que poblaban sus sueños. Moses pensaba que, si lograba asesinar a uno de ellos, el resto le temería y dejaría de atormentarlo.

AÑOS ATRÁS, MUCHO antes de casarse y tener una hija y enviudar y emigrar de Houston a Laredo, antes incluso de graduarse como médico y de que la pesadilla recurrente del bisturí y las escaleras apareciera en su vida, Dr. Moses tuvo un amor en la frontera. Fue un amor de borracho, un amor de un solo día: el mismo día en que descubrió que tal vez podría matar.

Esa ocasión recorrió, en compañía de un par de amigos, casi todos los prostíbulos de Ciudad Acuña, un pueblito de locos que se hallaba en el lado mexicano del río. Jamás bebió tanto; ni siquiera podía recordar, ya pasados los años, buena parte de lo que hizo en el transcurso de la noche. Tenía la vaga noción de haberse despedido de sus acompañantes, y más tarde se vio solo, en medio de una pista de baile cubierta de reflejos brillantes y manchas de lodo, bailando con una mujer pintarrajeada, cuyo sudor olía a frituras rancias. Era una puta mexicana de piel oscura y tersa. Estaba embarazada, muy cerca ya del parto, y eso la volvía grotesca en el ambiente descarado del prostíbulo. Sin embargo, sus pechos y sus nalgas se notaban firmes debajo de la tela rojo sangre del vestido, y sus muslos seguían el son de los tambores con un devaneo preciso. Llevaba frenos en los dientes: bajo las luces que incendiaban la pista, su boca destellaba igual que un zíper de metal.

Era humillante, pensó Doc: un joven gringo borracho bailando con una prostituta embarazada mientras un grupo de greasers anónimos hacía la ronda nupcial. Era ridículo, pensó, pero abrazó a la mujer y le tocó con suavidad el vientre, y le dijo en inglés, al oído, cualquier cosa. Una frase de la tele:

—Yo sabía que ibas a volver, mi amor. Yo sabía que ibas a quererme. Ahora los tres estamos juntos, y no permitiré que nadie dañe a mi familia.

Ella respondió:

—No te entiendo nada, gringuito. No sé inglés. Si lo que quieres es ir al cuarto, serían treinta dólar. Pero eso sí: por adelante ya no puedo. Vas a tener que metérmela por el culo.

Recorrieron un pasillo a la intemperie flanqueado por puertas metálicas pintadas de azul, hasta que ella se detuvo ante una de ésas y retiró el candado. La habitación era un hoyo de unos nueve metros cuadrados donde apenas había sitio para un colchón sobre su base, una palangana de agua, un televisor y dos sillas, encima de las cuales descansaban un bulto de ropa y una parrilla eléctrica.

—Aquí es mi casa —dijo la mujer, sonriendo y desabotonándole la bragueta de los jeans.

Él la rechazó con suavidad. Luego la desnudó y la llevó hasta la cama. La obligó a darle la espalda y, tendido junto a ella, estuvo acariciándole el vientre con ambas manos durante largo rato. En algún momento, la prostituta dijo:

—Ya se te acabó el tiempo, papacito. Si tú quieres le seguimos, pero serían otros treinta dólar.

Doc sacó de su cartera un billete de cien dólares y lo dejó caer sobre el piso. Ella le acarició las mejillas y trató de darle sexo oral, pero él la rechazó de nuevo. Tenía la mente en otro lado: mientras acariciaba la panza hinchada y azulosa, se imaginaba cómo sería tomar el bisturí que llevaba siempre en el bolsillo y abrir en dos el tronco de la mujer, capa a capa, hasta topar con el feto y azotarlo unos segundos para hacerlo respirar. Pensaba en la sangre sobre las sábanas grises de mugre, el desvanecimiento en el cuerpo de la madre, el movimiento nervioso que había visto en las extremidades de los bebés, a veces, en sus prácticas de hospital. Imaginó todo esto durante un rato, un poco soñoliento, con dulzura… Hasta que descubrió que lo que en realidad deseaba era matar al niño. Rajarle la garganta con su bisturí, cortarlo en trozos, arrancarle los genitales, estrellarle la cabeza contra el muro, hundir su rostro en la almohada hasta asfixiarlo… No por rabia o desprecio, no por odio, sino todo lo contrario: para volverlo suyo. Para sentirlo un poco más cerca de su tacto.

Unas horas después, satisfecho, tiró al piso otros veinte dólares y salió del cuarto. Ella lo acompañó hasta la puerta envuelta en una sábana. Dijo:

—Gracias, gringuito. Qué bueno que me dejaste descansar. No se te para, ¿verdad?… Ésa es la bronca con ustedes: son muy grandotes y guapos, pero no se les para.

Doc entrecerró los ojos y evocó el olor a putrefacción con el que había embellecido el vientre de la mujer.

—Nunca voy a olvidarte —dijo torpemente en español. Y se marchó camino a la frontera, con la mueca feliz y fatigada que hay en el rostro de los muertos y de los asesinos.

CUMPLEAÑOS

(II)

—¿LE VAS A HABLAR?

—¿A quién?

—¿Cómo que a quién?… Pues a Ángela. ¿Le vas a hablar?

—Ah. Sí, claro que sí. Al rato le hablo.

—¿Quieres que te preste el teléfono?

—No estés jodiendo, Mayor… ¿No ves que estoy ocupado?

—Por eso. En primer lugar, deja de estar fajando delante de mí, no seas ingrato.

—¿A poco lo estamos ofendiendo, don Mayor?

—Usted no se meta, mija… Y en segundo lugar, no me has dicho todavía si siempre vas a querer o no la troca que me pediste.

—Yo no te la pedí, Plutarco.

—Pero sí es cierto, mi rey: ¿te vas a ir a la fiesta, o mejor te quedas conmigo?… No vaya a ser que nomás me estés prendiendo de oquis.

—Ya le dije que usted se calle, pinche güerca puta.

—Uy, qué enojado, don Mayor… ¿Verdad que sí te quedas, Gumaro?

—Sí. Yo creo que sí. Mejor me quedo, Mayor. De todos modos, ya es bien tarde.

—Ése es tu problema, compadre. Pero háblale a Ángela… ¿Le vas a hablar?… Hazme tantito caso, Guzmán… ¿Le vas a hablar?… ¿Quieres que le hable yo?… ¡Házme tantito caso, cabrón, chingada madre!…

A LAS ONCE DE LA noche, los mariachis irrumpieron en el jardín cantando *Las mañanitas*. Tras un breve lapso de incomodidad, alguien aprovechó un pasaje melódico para acercarse al cantante y explicarle que el festejado no llegaba todavía. Los músicos continuaron con el tema hasta el final, pero en adelante suspendieron el programa de canciones laudatorias que consideraban de rigor, limitándose a complacer las solicitudes de su audiencia. Irónicamente, abrieron su repertorio interpretando *Las ciudades*, una composición que a Guzmán le gustaba mucho, y de la cual citaba siempre estos versos como ejemplo de lo que él llamaba verdadera-poesía-popular: "las distancias apartan las ciudades, / las ciudades destruyen las costumbres"... Poco a poco, la fiesta se animó.

Desde la estancia vacía, con las luces apagadas, Ángela contemplaba la labor de los anfitriones a través del ventanal. En el jardín, parapetados detrás de una mesa cubierta hasta el suelo por un mantel blanco, don Eugenio y doña Eugenia atendían a los invitados con impecable solicitud. Ángela notó que, al paso de los años, sus padres se habían convertido en un solo cuerpo, una maraña de gestos vulgares que sólo cobraba sentido cuando, como ahora, hacía circular de mano en mano platos desechables y latas de cerveza. Qué curioso, pensó. Qué asco: un monstruo de dos cabezas repartiendo comida. Arrojó un cojín contra los ventanales y se dirigió sin mucha prisa a la cocina.

—¡Gelita! —dijo al verla Rubén, su hermano menor, que estaba sentado a la mesa en compañía de una muchacha regordeta y de Adolfo, su otro hermano—. Mira quién está aquí.

Ángela reconoció a la muchacha: era Mariana, una antigua compañera de estudios. Pasó frente a ella sin saludarla. Fue hasta el refrigerador y extrajo una lata de Miller Lite de la reserva personal de su padre. Mariana preguntó:

—Oye, ¿no va a venir el profe?… No me tomes a mal la pregunta. Es que, como ya es bien tarde, y es su fiesta de cumpleaños…

Ángela abrió la cerveza y bebió un sorbo.

—No seas grosera —terció Adolfo—. Te está hablando tu amiga.

—No es mi amiga —contestó ella secamente.

—Gela —insistió su hermano, tomándola del brazo—. Nosotros no tenemos la culpa del plantón.

Ángela se zafó de un tirón y volvió a la sala. Sentada en uno de los sillones, casi a oscuras, consumió su cerveza lentamente, observando la fiesta a través de los cristales como si se tratara de una proyección. Luego de un rato, una silueta se recortó contra la luz que se filtraba por la puerta de la cocina. Ángela dijo, irritada:

—¿Qué, no pueden dejarme un ratito sola?

—Perdón. Es que…

Reconoció la voz de Antonio, un compañero de trabajo de Guzmán.

—No, no. Perdóname tú, Toño. Creí que eras uno de mis hermanos. Es que han estado bien jodones.

—Te entiendo. No te preocupes. No quería molestarte, pero no me quedó de otra: traje a mi hijo a la fiesta, y ya se me durmió. Hace frío allá afuera. Me dijo tu mami que podía acomodarlo en tu cuarto. Por mientras.

Ángela dijo que no había problema, que de todos modos ella y su marido dormirían en otro cuarto.

Lo guió hacia la segunda planta.

—Tranquilízate —dijo él mientras subían las escaleras—. Ahorita llega.

Ella sonrió.

—Estoy bien.

Entraron a la recámara. Ángela tomó al niño de los brazos de Antonio y lo puso cuidadosamente en la cama. Lo cubrió con un par colchas. Antonio la miró ocuparse de su hijo desde un lugar donde no podía estorbarle, parado junto a la puerta, sin decir nada. Luego se acercó a ella y la abrazó por la espalda. Permanecieron así un momento, hasta que escucharon voces provenientes del pasillo. Al asomarse fuera de la habitación, Ángela se topó con Adolfo, Rubén y Mariana.

—Por lo visto —dijo—, esta noche ustedes son los trillizos inseparables. ¿Qué quieren ahora?

—No te enojes —respondió Adolfo—. Venimos a buscarte porque te hablan por teléfono.

—¿Es el profe? —preguntó Mariana. Ángela tomó el teléfono inalámbrico de manos de Rubén y regresó a la sala.

—¿Bueno?

—Comadrita —dijo el Mayor al otro lado de la línea—. No pasó nada. La culpa la tuve yo.

—Estás borracho, Plutarco. ¿Dónde andan?

—Es que hubo un accidente. No te apures, no fue nada de nosotros.

—No me cuentes mentiras. Mejor dime cómo está.

—¿Cómo está?… Está bien, comadre. No le ha pasado absolutamente nada. Es que hubo un accidente.

—¿Se descarriló?

—¿Qué?

—El tren. ¿Se descarriló?

—No, es que un guardia se… Bueno, sí. Sí se descarriló. A lo mejor lo dan en las noticias de mañana.

—Pero, ¿por qué?

—¿Por qué?… Pues algo de la máquina.

—No. Por qué estaba Guzmán en ese tren.

—¿Cómo? Ah, no, comadre. No estaba en ese tren. No-más iba a ayudarme. Ya te dije que no le pasó nada. Fue a otro. Mejor mañana que mi compadre te lo explique.

La llamada se cortó.

—No es nada grave, ¿o sí? —preguntó Mariana.

Ángela caminó hasta la cocina, extrajo del refrigerador una charola de brócoli y una barra de mantequilla, encendió la estufa, vació los vegetales y la grasa en un sartén y puso todo encima de la flama. Distraídamente, miró a través de la puerta de malla que daba al jardín. Le pareció por un segundo que, sin que viniera mucho al caso, las dos cabezas del monstruo-repartidor-de-comida se besaban.

EL MAYOR PLEGÓ su celular y lo enfundó con un gesto de pistolero del oeste. Entró de nuevo a la cantina y pidió en la barra un Don Pedro con Coca-Cola, divorciado. Mientras el cantinero lo atendía, Plutarco lo sujetó por la manga y le dijo, señalando con la cabeza hacia el rincón donde Guzmán y la mesera se besuqueaban:

—¿Ves a ese tipo que está ahí al fondo?… Es mi mejor amigo. No sabes las cosas que soy capaz de hacer por él. Si lo supieras, sentirías harto coraje de que un pendejo así tenga un amigo como yo.

MÁS QUE DE UN sueño recurrente, se trataba de un escenario en el que sucedían sus peores pesadillas. El problema empezó cuando recién había ingresado a la universidad. Cambiaban las anécdotas, los personajes, los pretextos para subir a la segunda planta. Lo que nunca desaparecía era la sensación de amenaza, el horror sordo de las formas geométricas: una escalera de mosaicos amarillos con un barandal café y un descansillo con un resumidero negro al centro.

Al principio no le dio importancia. Pensó que era parte de la experiencia de madurar, la dificultad de vivir en un mundo en el que, para ser realmente un hombre, uno debe afiliarse a cualquier expresión de la violencia.

Pero pasaron los años y las pesadillas no se iban. Aunque casi siempre se limitaban al insulto o a unas cuantas fantasías vagamente diabólicas, había ocasiones en que esos sueños lo humillaban más que cualquier cosa que le hubiera sucedido despierto. Más tarde, la cosa empeoró con la aparición del "médico": un rubio maduro que, armado de un bisturí, obligaba a Guzmán a participar en juegos sexuales repugnantes.

—Tienes que ver a un sicólogo —dijo Ángela.

—No, angelito. Lo que yo necesito es saber de dónde saqué esa escalera.

Así que se lo preguntó a su madre. Doña Sara, balanceando sus sesenta y tantos años en una mecedora roja, le mandó que dibujara el lugar de sus sueños. Guzmán compró una caja de crayones y, sobre un cartoncillo, trazó la planta arquitectónica. Hizo el dibujo por secciones, reservándose para el final las partes que más le importaban, observando de reojo a la vieja por si descubría en ella alguna reacción inusual. Primero trazó dos alas de habitaciones que se abrían escalonadamente a izquierda y a derecha. Luego, en lo que debía ser la parte frontal, puso un jardín protegido por una reja de malla. Hizo la reja con el crayón verde porque, en sus sueños más nítidos, alcanzaba a apreciar hasta ese detalle. Por último, dibujó un acceso central que daba a un amplio recibidor, prolongándose luego hacia un entorno confuso: era el conjunto de la escalera, el descansillo y el resumidero.

Mientras hacía los trazos, Guzmán sufrió un acceso de rencor. Le pareció que otra vez se doblegaba ante los deseos de su madre, como en las lejanas épocas del jardín de niños, cuando ella lo obligaba a trazar sobre el papel las figuraciones contrahechas de árboles, cielos nubosos y cabañitas con ventanas redondas.

Cuando el dibujo estuvo terminado, doña Sara, fumando uno de sus Raleigh, dijo:

—Cómo no has de acordarte, si en esa casa naciste y viviste ahí hasta los cuatro años. ¿No te acuerdas? Hasta que dejamos a tu papá. Te gustaba jugar con la coladera.

—Algo me hicieron ahí, mamá. Siempre me sale en pesadillas.

Doña Sara se quedó callada hasta terminar el cigarro. Al fin agregó, sin mirar a su hijo:

—Sería por tantos pleitos entre él y yo. O a lo mejor un día te nos caíste de cabeza y yo ya no me acuerdo.

FUERA DE LA CANTINA soplaba un viento frío, pero a Guzmán no le quedó más remedio que salir. La mesera gorda le había dicho:

—A la Yanet le tocaron las cazuelas. Si la vas a esperar, espérala allá afuera. Aquí ya se cerró.

Alzó el cuello de su chaqueta para protegerse del viento, se acomodó los anteojos sobre el puente de la nariz y recargó su espalda contra el muro exterior. De un breve vistazo, recorrió la calle. El Mayor estaba sentado en la acera de enfrente, sus enormes botas chapoteando en el hilo de agua sucia que fluía por la cuneta. Al reconocer la figura de Guzmán, se levantó. Lo miró en silencio. Luego, lentamente, dejó caer sobre la cuneta un puñado de guijarros que sostenía entre los dedos. Parecía, desde donde estaba Guzmán, un muñeco de arcilla cuyas manos se desmoronaban.

—Sí te das cuenta de que vas a hacer una pendejada, ¿verdad?

Guzmán no contestó. La mesera gorda salió del Pepe's Bar.

—Oye, ¿le faltará mucho a Yanet?

Ignorando la pregunta, la mujer caminó hasta el sitio de taxis de la esquina, subió a uno de los vehículos y desapareció tras los viejos muros de la catedral de Santiago. Hubo un nuevo silencio.

—¿Nunca lo has intentado? —dijo por fin Guzmán.

—¿Intentar qué, compadre?

—Volver a ser tú. Volver a…

—Volver mis huevos. Si tienes ganas de ser ojete, de perdido no pongas pretextos melodramáticos.

—No me digas que a ti la Yanet no se te antoja.

—Pero yo soy putañero, compadre. Es otra cosa. Uno cuando anda pedo lo revuelve todo: el amor, el trabajo, la cachondería… Ya no sé ni de qué estamos hablando.

Hubo una pausa. Luego Guzmán dijo:

—Hablamos de mi mujer. De lo mucho que la amas.

En la memoria del Mayor apareció la figura de Ángela tostada por el sol de unas vacaciones y cubierta apenas por un vestido blanco de tirantes. Sonriente. Pecosa. Despellejada.

—Pues sí, pues: yo estoy enamorado de ella. Y tú siempre lo has sabido. Eso ahorita qué importa.

La reja chirrió de nuevo. Jacziri Yanet emergió de la cantina esparciendo un agrio olor a detergente, secándose aún las manos en el short de mezclilla.

—Vámonos, mi rey.

El Mayor cruzó la calle y se plantó frente a la pareja. Extrajo su celular de la funda de cuero y lo metió en uno de los bolsillos de la chaqueta de Guzmán.

—Hazme caso, compadre: al menos llámala. Acuérdate de que hoy es tu cumpleaños.

Luego se marchó calle abajo, rumbo al lugar donde había estacionado su camioneta. La mesera y Guzmán recorrieron la acera en sentido contrario, hasta el sitio de taxis. Se subieron al único que estaba disponible. El anciano chofer les advirtió:

—Nomás no me meto a las colonias de las orillas, ni los espero parqueado en el motel, ni sé dónde hallar vino a estas horas, ni tampoco los llevo por grapas a Las Gradas.

Guzmán recitó, sin meditarlo, la dirección de su casa. Enseguida tuvo un acceso de pánico por lo que acababa de decir, pero ya era tarde para arrepentirse.

—Han de disculpar la desconfianza —dijo el taxista encendiendo el motor, que no arrancó de inmediato porque estaba frío—. Es que hace apenas una semana que me mataron a mi muchacho. Fue subiendo el Ojo de Agua. Los "Aterrados", que les llaman. Le contrataron la carrera en este mismo carro, y nomás llegando allá arriba le quitaron los billetes y le clavaron un filero por la espalda. Aquí en este periódico está todo —agregó, agitando en dirección al asiento trasero un arrugado pedazo de papel. Jacziri se inclinó hacia el chofer y comenzó a hacerle preguntas. Guzmán sintió un ardor seco y agudo, como si una larga trayectoria se abriera paso adentro de su pecho.

Historia de un par de piernas

(II)

BITÁCORA DE BASE "Gerardo González"
Nvo. Laredo, Tam.
Informa 10-28 Pantera.

Como ya informó en esta bitácora 10-28 Josafat, se recibió comunicado de un 33 a la altura del ejido Carantoñas ocurrido a las 2120 hs. Estado grave del 20 Ernie de la Cruz (10-28 Suriano). También llegaron órdenes del 12 central en Saltillo dictadas por 10-28 MAYOR y transmitidas a esta base por el capitán Marías consistentes en mandar una 5 de rescate formada por un chofer, dos custodios y una troca para buscar las piernas del 20 Ernie que se echó un treintazo por venir sentado en una muela pero ya lo están catorceando en un hospital para gringos de Laredo. Dijo el Capi que a lo mejor hasta le cosen las piernas, porque los gringos son bien hachas para eso, y por eso mismo dieron orden de buscarlas.

Órdenes incumplidas bajo responsabilidad del R-Op. de las 2200 hs. 10-28 Bareta, que por cierto es la tercera vez que treintea durante sus guardias y luego los superiores nos echan bronca a los demás.

El capitán Marías vino desde Laredo y acabando de llegar vio que ya hacía muchas horas que se había registrado el 33 y las piernas del 20 Ernie no se habían buscado a la orilla del riel donde se las mocharon como dijo el Mayor que se buscaran a la altura del ejido Carantoñas para reportarlas como responsabilidad del personal de guardia, y como nadie en este 12 había cumplido o tratado de cumplir las órdenes y todos estábamos jugando dominó y viuda y había tres cartones de cerveza en el refri y todos teníamos aliento alcohólico y nadie había buscado las piernas mochas como se ordenó, así que por medida disciplinaria el capitán Marías encuarteló a todo el personal de este 12, incluyendo a los que éramos guardias de refresco para el siguiente convoy, de la siguiente manera:

—Pantera y Zebra IV. Operación de radio porque teníamos poquito de haber llegado a la estación cuando llegó también el capi.

—Bareta y Rafles. Buscar las piernas junto al riel sin troca ni ningún otro tipo de 5 y con un radio de mano y con un castigo de cuatro días sin goce de sueldo si no las encuentran, porque son los responsables de retrasar la buscada de las piernas ya que estaban de guardia cuando la orden llegó.

—Remo, Fundidor y Monclovita. De servicio por si se ofrece respaldar a los convoyes que faltan de pasar.

—Capitán Marías. Comandante de la base hasta que las piernas aparezcan.

Monclovita llevó hasta el riel a los compañeros Rafles y Bareta en una Ram de la empresa. Informa que tuvo que bajarlos a la orilla de una labor porque no llega la brecha hasta el poblado.

Los veintes Rafles y Bareta se comunicaron desde el 12 Carantoñas informando que estaban titiritiando de frío y las piernas no aparecían, y que no iban a aparecer porque por ese rumbo siempre anda mucho coyote y esos animales tragan de todo, hasta peyotes y chochas y alicantres, y hasta ratas maiceras, cuantimás las piernas de las gentes, que tienen la carne más tiernita. También dijeron que una sola linterna no les echaba suficiente luz. El capitán Marías les mentó la madre y les ordenó que buscaran entre los huizaches y las matas de la gobernadora. Dijo que si seguían treinteando ya no iba a ir por ellos ni aunque llamaran para avisar que se los estaban enchorizando los coyotes. Dijeron 53 y quedaron 42 para 70.

El capi Marías ordenó además que ya no les copiemos por el radio, sino que nos hagamos como que ya nos fuimos hasta que nos den una razón de las mentadas piernas porque eso es lo que ordenó 10-28 MAYOR.

Firmado: Pantera (R-Op.)
0204 hs.

Mariana

A MEDIODÍA, MIENTRAS Ángela iniciaba los preparativos para la cena de cumpleaños de Guzmán, Rubén se sentó frente a ella en la cocina. Luego de un rato, dijo:

—Sí invitaste a Mariana, ¿verdad?

Ángela no dijo nada.

—Mariana, la que estuvo contigo en el semestre de titulación. Sí la invitaste, ¿verdad?… Yo creo que sí viene, porque Adolfo y yo la invitamos también.

Ángela preguntó:

—¿Qué traen Adolfo y tú con Mariana?

—Pues nada, ¿por qué?

—No te hagas. Adolfo también me preguntó por ella. Ya saben que no es mi amiga, y que me cae mal porque anduvo de resbalosa con Guz. Hace años que no sé de ella. Y ahora la invitan a la fiesta sin pedir mi opinión. ¿Qué se traen?

Rubén soltó una risita. Ella insistió.

—Contéstame. ¿Qué traen Adolfo y tú con Mariana?

—Ay, Gelita, ya sabes. No es nada malo. Es que el otro día un amigo nos contó que le encanta coger.

—Ay, Rubén, no seas asqueroso.

—No es nada malo, deveras. Sólo queremos saber si es verdad.

LO QUE MÁS LES importaba en el mundo a los hermanos de Ángela era la pornografía. Habían empezado desde niños, con las *Playboy* y las *Hustler's* que su papá traía de Laredo y guardaba, según él bajo llave, en una vitrinita blanca que había en el baño. Luego, ya en secundaria, acostumbraban intercambiar fotografías y posters con sus compañeros de clase. Las revistas que los otros muchachos llevaban eran casi todas en blanco y negro, pequeñas y de pésima impresión, pero tenían la ventaja de que en ellas no sólo aparecían mujeres desnudas, sino sexo de verdad.

—Esta ruca quiere que se la metan por el culo.

—Sale una güera que se los come.

—Tengo el de una que se la cogen entre tres.

Adolfo y Rubén intercambiaban gustosos los coloridos ejemplares de *Hustler's* por las hipnóticas confusiones fotográficas que, mitad por el discernimiento y mitad por la imaginación, siempre descifraban.

Comenzaron con las películas cuando ambos dejaron Parras para irse a estudiar a Saltillo. Doblajes italianos en el Cinemundo, fiascos españoles donde nunca salían tomas cerradas de vergas y vaginas, pornocaricaturas, películas con argumentos absurdos. No tardaron en llegar a los videos.

Conforme su vida escolar transcurría, Adolfo y Rubén fueron dando nombres, facciones y ademanes a las mujeres que amaban: *oldies* como Desirée Costeau, divas como Nina Hartley, Jenna Jameson y Nikki Tyler, embusteras adorables como Anna Malle, Taylor Wayne y Chloe Vevrier, cada una con su especial estilo de gemir, rasguñar, abrir las piernas, sacudirse acompasadamente entre dos miembros, poner los ojos en blanco, morder sus propios pezones, ahuecar las mejillas para darle cabida al glande en la fineza inflamada de sus gargantas, contorsionarse dentro de una limusina o encima de una mesa de operaciones o contra una red de tenis o sobre una roca escarpada a la orilla del mar o junto a la rama de un gran árbol o en un incómodo sofá más pequeño que sus nalgas, vestidas de María Antonieta, de mujer policía, de mesera, de colegiala, con diademas, con zapatillas de bailarina, con una gorrita de capitán de yate, con chaparreras, siempre arreglándoselas para que el semen cayera en sus pechos y sus narices, se escurriera por sus labios haciendo gorgoritos como la baba de la estúpida lujuria, como la leche rancia del amor a control remoto, como el gargajo húmedo y poroso de la humillación, pero eso sí, sin arruinarles el peinado, que de seguro les había costado horas y horas de labor frente al espejo.

Con los años, los dos hermanos fueron desmadejando los nombres de sus divas entre cientos de anónimas rubias, negras, morenas y asiáticas que surgían de los videos amateurs. Mujeres perfectas masturbando gordos enmascarados, chupándole la verga al camarógrafo, metiéndose trozos de plástico y metal por el coño o por el ano sin siquiera despojarse de una camiseta que decía "I love Atlanta", cientos y cientos de mujeres complacientes y perfectas que aparecían sólo una vez, que se perdían luego en la maraña de videos, handicams, satélites, televisores, jugos vaginales, alcohol y drogas con los que ellos soñaban noche tras noche hasta la madrugada, al punto de que a veces ni siquiera conseguían dormir porque una contorsionista desnuda aparecía bajo sus párpados en breves videogolpes, fugaces descargas eléctricas que los obligaban a deambular deseantes por la casa de asistencia, el departamento de solteros, la sala-

comedor de sus padres, bebiendo cervezas envejecidas y mas-
turbándose cuatro o cinco veces antes del amanecer, colocán-
dose un aro vibrador en torno al glande hasta que éste enroje-
cía, se agrietaba, se escoriaba tanto que les daba pavor ir a
orinar. Era como vivir perpetuamente en medio de una orgía
de fantasmas.

ANTES DE SALIR de la habitación del hotel, Mariana se miró al espejo y pensó que, aunque no era la anoréxica gimnasta con la que soñaban todos los publicistas, esa minifalda y esa sonrisa tan blanca le quedaban muy bien.

Horas atrás, al hospedarse en el Rincón del Montero (un lujo tal vez excesivo, pero lo valía el volver a ver a Guzmán), había ensayado todas sus poses provocativas con los pocos gringos despistados que visitaban Parras pese al mal clima de otoño. Se trataba de hombres maduros y hastiados, y peor aún, extranjeros. Pero una cosa era segura: ninguno, ni siquiera los que llevaban compañía femenina, la había mirado con indiferencia.

Mariana hubiera preferido visitar ese hotel en épocas de alberca y paseos a caballo, y no en medio del clima borrascoso. Pero no desterraba de su fantasía el chance de engatusar a su antiguo profesor de redacción, de robárselo a Ángela y secuestrarlo, aunque fuera sólo un rato, en ese cómodo cuarto que había rentado por un par de días.

—¿Cómo eres ahora, Guzmán? —se preguntó, mirándose a los ojos en el espejo—… De seguro tú también has engordado.

Alisó las mangas de su blusa de Zara y estudió detenidamente la caída de la minifalda sobre sus nalgas y sus muslos. Satisfecha, cogió el bolso y salió de la habitación.

LA SECUENCIA FAVORITA de Adolfo y Rubén era un "sand-wich": Anna Malle comenzaba succionando el miembro de T. T. Boy y aceptando en el clítoris la lengua de Tom Byron, y terminaba con dos penes friccionando sus entrañas.

Bajo la luz mediocre que los productores del videohome pagaban, los ojos de Anna giraban hacia arriba y hacia abajo como si fueran los de una médium a punto de revelarle al mundo la esencia de las cosas.

La primera vez que vieron ese video fue una madrugada en casa de sus padres, durante la época en que ambos buscaban un empleo tras haber fracasado en la universidad. Se abrieron los pantalones y comenzaron a tocarse uno frente al otro. Al final se masturbaron mutuamente hasta eyacular. Adolfo dijo, tendiéndose sobre el sofá:

—Qué buena mano tienes, puto.

Rubén le largó una bofetada, manchándole el rostro.

MARIANA NO ESTABA segura de cuál de los dos hombres era el que la sujetaba por la cintura y la empujaba a través del pasillo mientras el otro la besaba. Tal vez Adolfo, pensó: desde el principio sus movimientos le habían parecido más violentos.

La casa estaba a oscuras. Una puerta se abrió. Al otro lado se filtraba el resplandor de la tormenta. Entraron. Mientras uno mordía su cuello, pudo oler la exasperación con la que el otro arrancaba los botones de su blusa. Estuvo a punto de protestar, porque la prenda era costosa y ella estaba muy lejos de ser rica. Pero tuvo miedo de que las palabras descarnaran aun más la situación. Se tendió en la cama. La oscuridad giró sobre su rostro durante unos segundos. En su nuca, los resortes del colchón vibraron tensos, musicales. Bajo el resplandor de los relámpagos que giraban en torno de su cuerpo y se cristalizaban filosamente en sus pupilas, Mariana se dio cuenta de que estaba muy borracha.

Al principio les advirtió que lo haría sólo con uno. Pero el ron y las caricias pudieron más que su pudor. Nunca había estado con dos hombres a la vez, y el que fueran hermanos acabó de excitarla: un espléndido chisme para la reunión de ex alumnas de los martes.

Mariana no quería ser la clase de mujer en que se había convertido la mayor parte de sus amigas, niñas avejentadas que languidecían de tristeza cuando les afloraba una espinilla, fanáticas del gimnasio y los suplementos juveniles, histéricas convencidas de que el sexo era asqueroso y el domingo perfecto consistía en ir al cine, comprar una Pepsi Light y ver a Brad Pitt con esmoquin. No eran las actitudes: era la falta de imaginación. Ella también pensaba que el sexo tenía algo de asqueroso, y por supuesto que moría por Brad Pitt con esmoquin. Pero deseaba también hacer cosas locas o poco saludables y contárselas al mundo, cosas como aceptar la pastilla azul que le obsequiaba un desconocido en un *rave*, fornicar con dos hombres a la vez, comer un inmenso trozo de Vienetta viendo por televisión las películas del domingo, flirtear con lesbianas en la antesala del nutriólogo, salir con gays a quienes sus novios estaban buscando para darles una golpiza… No le importaba que sus amigas se escandalizaran, que dos o tres la hubieran llamado puta o loca o gorda en un momento de coraje: ella sólo quería diversiones e historias.

La imagen de Brad Pitt con esmoquin pasó de nuevo por su mente. Una mano la tomó por los cabellos y la obligó a ponerse de rodillas. Ella buscó a tientas el trozo de carne y lo puso en su boca.

—Ah, sí —repetía la voz de Rubén, hasta que Adolfo susurró—: Ya cállate, imbécil. No dejas que me concentre.

La obligaron a ponerse de pie y terminaron de desnudarla. Después la arrojaron boca abajo en el colchón. Mariana percibió que no había furia en lo que Adolfo y Rubén hacían con ella. Todo era crudo, tosco, descortés; pero no por deseo. Hasta donde intuía, aquellos gestos formaban parte de una obscenidad estudiada, mecánica. Esto le dio un poco de miedo.

Ya no estaba lloviendo. Los relámpagos eran cada vez más espaciados.

Rubén se despojó del pantalón, rodeó la cama y volvió a plantar su miembro frente a ella. Adolfo le abrió las piernas con ambas manos y la penetró. Mariana resintió la falta de humedad en su pubis. Un viscoso ardor. Pero, poco a poco, el sabor del glande y el movimiento acompasado de la pelvis contra sus nalgas la hicieron olvidarse de sí misma. Los dos hombres parecían más tranquilos. Mariana supuso que empezaban a gozar la relación, y se esmeró en no perder el ritmo de sus movimientos, meciéndose entre uno y otro y conectando el placer de ambos a través de su cuerpo. Por un instante, ella también lo disfrutó. Relajó los músculos de la cadera, aflojó la franja de grasa que colgaba de su vientre y dejó que su mente divagara en densas coloraciones oscuras deformadas por flashes que se desenvolvían en espiral. Sentía la lengua pastosa, la saliva espesa, las vértebras creciendo hacia la cabeza y saliendo de su cuerpo, multiplicándose en el aire como una escalinata.

Las uñas de Rubén se clavaron en sus hombros.

—No te vengas —susurró Adolfo—. Mejor ya vamos a voltearla.

Mariana sintió que la desconectaban. Mientras Rubén se deslizaba debajo de su cuerpo, ella supo que no lograría recuperar el orgasmo. Sobre su piel quedó una lenta vibración, una onda de radio casi imperceptible que aún podía resultarle placentera si se concentraba en ella, pero que tendía a desvanecerse igual que un objeto metálico al impactar la superficie del agua. Había un rumor marino cada vez que una mano se colocaba sobre sus orejas. A través del sonido, imágenes líquidas la circundaron suavemente.

Adolfo deslizó uno de sus dedos entre los muslos de ella hasta palparle el ano.

—Oye, ¿qué te pasa? Eso sí que no.

Él la cogió por el mentón y la obligó a girar. Mariana trató de resistirse, pero la mano apretó su boca y su nariz hasta dejarla sin aliento.

—Mira, pinche puta: si me estás chingando te voy a madrear.

La soltó. Mariana aspiró desesperadamente. Una pelvis debajo de la suya. La voz de Adolfo, asordinada. Un carraspeo. Un estremecimiento de asco: la pegajosa baba resbalando por la piel. La carne rígida clavada en el recto. Todos sus poros se abrieron e incendiaron como si estuvieran lijándole el cuerpo.

Creyó que de pronto engordaba, que sus vísceras comenzaban a colmarse de aire. Escuchó cómo los gases escapaban a través del canal adolorido. La indignación volvió a poseerla: manoteó e hizo el intento de gritar, pero Adolfo la sujetó otra vez por el mentón y el torso. Mariana se imaginó atorada entre dos láminas retorcidas.

Rubén murmuraba frases incomprensibles y acariciaba los brazos de su hermano. Adolfo le repitió que se callara. Ella aflojó el cuerpo y, como si sus músculos hubieran estado frenando todos los fluidos, las lágrimas brotaron en gotas muy gruesas. Alrededor de su mentón, la mano de Adolfo tenía gusto a ajo.

Un rato después, cuando la liberaron, se dejó caer de espaldas sobre el colchón, cubriéndose el rostro con los brazos. Por el olor y la humedad, supo que había manchado las sábanas de sangre y excremento.

—Vístete —le ordenó una voz—, no sea que tus ruidos hayan despertado a mamá. Y ya no llores, hombre. Cuando uno coge, tiene que coger hasta que duela.

Y otra voz, más lejana:

—Estuviste riquísima. Deveras. Lástima que no haya luz, si no te hubiéramos filmado.

Mariana hundió el rostro en la almohada. En su cabeza apareció de nuevo la imagen de Brad Pitt: cabello muy rubio adherido suavemente al cráneo, pasos lentos a lo largo de un pasillo cubierto de brocados rojos. Sonreía y chupaba una cuchara llena de crema de cacahuate.

El olor a mierda estaba llenándolo todo.

El experimento de Doc

(II)

SENTADOS EN EL sofá, Dr. Moses y Shannon veían *Wild thing* a través del HBO. Shannon estaba loca por Matt Dillon: conocía casi todos sus diálogos e imitaba su sonrisa torcida y su forma de pararse con las piernas ligeramente abiertas. Se sentía como Bridget Fonda en *Singles* o Sean Young en *A Kiss Before Dying*. Había soportado películas ridículas como *Drugstore Cowboys* y hasta rarezas como *Kansas* y *Rumble Fish* —en ésa le parecía muy tierno, tan flaquito, y el pesado de Nicolas Cage más feo que nunca— con tal de memorizar todos sus gestos.

Dr. Moses alargó el brazo por detrás de la espalda de ella sin despegar los ojos de la pantalla. Cogió la botella de Jack Daniel's y se sirvió un buen vaso. Los hielos crujieron contra el vidrio. De reojo, contempló el perfil de Shannon sumergido en la atmósfera ácida que arrojaba el televisor: a pesar de los granitos y espinillas, la recta perfección de la nariz y los ojos ligeramente rasgados le daban un aire de sensualidad adulta. El pecho de la chica subía y bajaba, suave, dulcemente, cubierto por la camiseta de algodón.

Matt Dillon se registró en un motel a la orilla del pantano. Sigilosamente, caminó hasta una de las construcciones de techos bajos y muros de madera podrida. Abrió la hoja de malla de una de las habitaciones procurando que el resorte no crujiera. Tomó entre sus dedos la perilla y la hizo girar con lentitud, lanzando hacia el manglar una mirada que reflejaba la concentración más absoluta. Dentro, la oscuridad. Cruzó la habitación, encendió las luces y maldijo a la camarera. Abrió la ventana. Luego miró hacia el interior. Sobre la alfombra, huellas de lodo. Conducían al baño. Descubrió en el espejo del lavabo el rostro de Denise Richards. Ella salió de su escondite y caminó hacia él. Sostenía debajo de una toalla un objeto que parecía una pistola.

"*Así que mi madre te pagó... ¿Cuánto te pagó?*"

"*Ya lo sabes*", dijo él.

"*Pues ahora es tiempo de que pagues tú.*"

Denise Richards retiró la toalla. Debajo había una botella de champán. Desde el fondo de la habitación, desprendiéndose de la sombra, surgió la esbelta silueta de Neve Campbell y se unió a la celebración.

Un clásico instantáneo, pensó Doc.

Denise Richards desnuda y cubierta de champán. Los pezones como obturadores lanzando gotas borrachas. La cadera despojándose de la falda con una firmeza exasperante. El músculo del muslo tenso, en sincronía perfecta con el entrecerrar de los ojos. Y, como remate, las suaves formas de Neve Campbell, los omóplatos rígidos y salientes, la insinuada redondez de los hombros, el sombrío surco de la espalda, la cintura entrevista apenas. Matt Dillon acariciaba a ambas mujeres con más socarronería que lujuria. El sueño de cualquiera: gozar hasta lo indecible sin perder la dulce angustia del deseo.

—Perras —dijo Shannon, y subió al sofá sus pies descalzos.

—Tómate un bourbon —dijo su padre.

—¿Deveras me vas a dejar?... ¿Deveras?

—Si y sólo si vas a la cocina por una bandeja de hielos.

Shannon obedeció. Bajo la luz que salía del refrigerador abierto, Dr. Moses observó las huellas que los pies de ella habían dejado sobre la duela. Brillaban como dibujos de húmedos peces.

—¿Te están sudando los pies?

—No lo sé —respondió Shannon desde la cocina—. ¿Me sudan?

—Oye, la escena del motel es espléndida, hija. Es lo que en mis tiempos llamábamos un clásico instantáneo: una vez que la has visto, sabes de seguro que nunca vas a olvidarla.

Shannon se metió un hielo a la boca.

—Brrr. Hace frío. Tienes que hacer revisar la calefacción, Doc.

—Apúrate, mi amor. Ya siguen las escenas perversas.

Ella se sentó nuevamente en el sofá y deslizó un trozo de hielo dentro de la bata de su padre.

—No hagas eso. Me vas a resfriar.

Recostó su cabeza sobre las piernas de él.

—¿Me quieres, Doc?

—Mjm.

Le abrió un poco la bata y comenzó a trenzarle los vellos del pecho.

—¿Me quieres mucho?

—Te adoro, Shannon. Todo el tiempo te lo digo. Pero te estás perdiendo tu película.

—Okey.

Shannon dio vuelta y, recargando su codo sobre los muslos de él, clavó la vista en la pantalla. Dr. Moses sentía un leve dolor, porque la presión del codo estiraba los pelos de su pubis. Pero no dijo nada.

Al poco rato, Shannon preguntó, sin dejar de ver la pantalla:

—¿No crees que Matt Dillon es el hombre más sexy del mundo?

—¿Tú lo crees?… Yo no puedo saberlo. No recuerdo a ningún hombre que me haya parecido sexy.

—Ay, bobo. A ver: ¿qué es sexy para ti?

—No lo sé. Tú.

—Mentiroso.

Antes del fin de la cinta, Shannon se quedó dormida. Apenas le había dado un sorbo a su bourbon. Dr. Moses la llevó en brazos escaleras arriba, hasta una habitación tapizada de posters de Dido y Avril Lavigne. La cubrió con un edredón. Luego volvió a la planta baja. Se preparó otro trago, tomó el teléfono inalámbrico y se encerró en el baño de las visitas.

—Estás llamando a *Sweetie Dell*. Todas las chicas son mayores de 18. Si no deseas la conexión, cuelga ahora y ningún cargo se efectuará sobre tu cuenta telefónica.

Doc marcó tres dígitos más.

—Hola, papi rico.

—Mónica.

—Me pasé el día entero esperando tu llamada.

La mujer hablaba mezclando palabras en inglés y en español. Tenía acento antillano. Doc soltó el nudo de la bata y deslizó su bóxer hasta los tobillos. Comenzó a acariciarse.

—Hoy estabas muy bonita.

—Uy, no sabes, amor: tú me encendiste tanto... Dime, ¿cuántos años tengo?

—Quince. Te gusta mucho el cine.

—Uy. Soy tan chica, papi, tan ingenua... Pero a veces me gustan las películas malas. Ya sabes, donde salen nenas que hacen eso. Me gusta verlas contigo, muy pegadita a ti... Así... ¿Lo estás gozando?

—*Wild thing*.

—Sí, nene. Sigue, sigue así. Tú eres mi salvaje.

—No probaste tu bourbon.

—Oh, papi. Déjame probarte a ti. Déjame tenerlo en mi boca, ¿sí?

Doc tenía las piernas arqueadas y una ríspida palpitación surgía de su mano a cada nueva sacudida, vibrando entre el índice y el pulgar con un fragor amargo. Una voz de mujer gemía dentro de su cabeza como arrastrándose por el suelo de una caverna forrada de óxido, como si el aire que él tan dificultosamente respiraba a través de la bocina estuviera penetrando en el cuerpo de ella.

—*Wild thing* —repetía, tensando los músculos de la garganta. Tuvo un par de visiones: los pechos pequeños cubiertos por la blusa de algodón y un vaso de bourbon sostenido por una mano de uñas cortas y barnizadas. Luego su clavícula y los huesos de su espalda comenzaron a fluir, como si todas sus sensaciones se hundieran en un desagüe.

Sonó un largo timbre. Enseguida, el inglés ascéptico y las vocales suaves de la telefonista.

—Su tiempo ha expirado. El cargo a su cuenta telefónica será de 9.96. Si desea una ampliación de minutos, marque 3.

Doc dejó caer el teléfono dentro del lavabo. Se quitó la bata, la colgó en el perchero y se limpió las manos con un montoncito de Kleenex. Luego se metió bajo la ducha. Un hueco en espiral le recorría la columna: cada vértebra giraba como un juego mecánico, pero sin adrenalina. En la penumbra, el agua de la regadera le pareció distinta. Un poco sucia.

Antes de salir del baño encendió la luz y trató de orinar, pero tenía las vías inflamadas. Vació de un trago su bourbon y esperó unos segundos. Finalmente, una orina espesa fluyó hasta el fondo de la cristalina agua del excusado. Doc desplazó la palanca del depósito y salió. Bajo el haz de luz que brotaba del baño, distinguió sobre la duela las huellas húmedas que los pies de Shannon dibujaban.

—Te siguen sudando los pies —dijo.

Ella estaba parada de cara al patio interior, con la ventana abierta.

—Creí que te habías dormido.

—Lo hice. Pero empezaste a hablar muy fuerte ahí dentro y me desperté. Me asusté un poco.

—Lo siento… ¿Quieres ir a dormir ahora? Te llevo otra vez.

—Uh-uh —murmuró ella, haciendo un gesto de negación con la cabeza—. Voy a quedarme aquí un rato.

—Te vas a resfriar.

—Es una posibilidad. Y no podría ir a la escuela. Mmm… Okey, déjame pensarlo.

Se volvió hacia él con una amplia sonrisa.

—Nada de pensarlo —dijo Doc, de buen humor—. Mañana irás a tus clases a como dé lugar.

Shannon se volvió de nuevo hacia la ventana abierta.

—Que tengas dulces sueños, papá.

DOC DESPERTÓ CON ardor en la boca. Recordaba vagamente haber soñado con vastas extensiones de cactáceas hundidas en un mar de sombras secas, y con estas palabras: "ángeles y zapatos". Consultó el reloj que había sobre el estéreo y confirmó que aún faltaba un par de horas para que amaneciera. Era la segunda ocasión que las pesadillas lo desvelaban en esa noche.

Se secó el sudor con una toalla limpia y fue hasta la cocina en busca de un vaso de agua. El ambiente de la planta baja le resultó, en contraste con la aridez de su recámara, húmedo y helado. Mientras cruzaba la sala a oscuras, creyó ver los perfiles polvorientos de las plantas desérticas con las que había estado soñando.

No quiso encender la luz. Buscó a tientas un recipiente y lo llenó bajo el grifo del fregador. Bebió dos largos tragos y llenó el trasto de nuevo. Escuchó a lo lejos el silbato de un tren. Volvía a la planta alta con el recipiente lleno de agua cuando distinguió entre las sombras a un hombre que le apuntaba con un revólver. Doc se arrojó al piso. El agua del recipiente se derramó sobre su bata. El silbato del tren volvió a sonar, ahora más cerca. El hombre del revólver gritó algo ininteligible y abrió fuego. Doc cerró los ojos mientras sentía zumbar las balas muy cerca de su cabeza. Permaneció así hasta que pasaron los sonidos del tren y los disparos. Cuando se incorporó, las alucinaciones se habían desvanecido.

Fue hasta el cuarto de lavado y se cambió la piyama moja-
da. Luego, de regreso en su habitación, abrió el viejo gabinete de
cedro que conservaba bajo llave y examinó, una por una, las
ampolletas de la droga extática. Más tranquilo después de esta
inspección, volvió a la cama y trató de conciliar el sueño.

HISTORIA DE UN PAR DE PIERNAS
(III)

DOS UNIFORMADOS a lo largo de los rieles. Uno iluminaba las vías con su linterna. El otro sostenía en la mano izquierda una pistola calibre 22 y apuntaba hacia un lado y hacia el otro. Ambos entrecerraban los ojos, tratando de discernir las formas y los movimientos de la oscuridad. Desde hacía rato escuchaban el rumor de un tren aproximándose, pero por ninguna parte se percibía la luz o el silbato de la máquina.

—Háblales de nuevo, a ver si ahora sí te copian —dijo el de la pistola—. Total, ya qué tanto falta para que amanezca.

—Ya te dije que es adrede. El capi siempre hace lo mismo cuando quiere castigar al personal.

—Pero si no le hicimos nada.

—Pues no. Pero sí la regamos con eso de las piernas. Debimos mandar una patrulla.

—Era una estupidez.

—Era una orden.

Unos matorrales de gobernadora se agitaron en la sombra. Justo cuando el resplandor de la linterna caía sobre ellos, un animal cruzó los rieles. El uniformado desplazó de nuevo la linterna en dirección a las vías. El animal se detuvo un momento frente al cono de luz, sacudió la cabeza, dio media vuelta y siguió su carrera.

—¿Viste? Ahora sí era un coyote —dijo el de la linterna.

—Tú te crees muy machito, pero nos van a tragar los

animales. Por favor, háblales. Con suerte y hasta dicen que ya podemos regresar.

Siguieron caminando. La linterna parpadeó un par de veces. Para arreglarla, el uniformado la golpeó contra la palma de su mano.

—Ya guarda la pistola. Ni modo que alcances a ver cuando se te echen encima.

—Al menos puedo tenerlos a tiro.

—Lo que vas a conseguir es perder esa cosa. Hermano: los coyotes casi nunca se acercan a los rieles. ¿Qué no ves que son muy listos? Saben que luego pasa el tren y los aplasta.

—¿Y el que vimos ahorita?

—Oh, ya guarda la pistola. Me estás poniendo nervioso. Además, el que vimos salió corriendo. Se asustó nada más con la luz.

La vibración sobre los rieles se intensificó. El de la pistola se agachó y sujetó una de las vías.

—Espérate. Déjame ver.

—Ah. Ahora resulta que eres tan listo como los apaches. Ya apúrate, carajo.

—El tren viene muy cerca. Lo que no sé es desde dónde.

—Mira: que viene cerca, hace buen rato que lo sabemos. Y desde dónde, a esta hora sólo puede venir desde Laredo. Lo que pasa es que tú no piensas, carnal, eres igual que los conejos: misteriosos y… tarugos. Ya olvídate del tren y los coyotes y ayúdame a buscar las piernas.

Continuaron su marcha en silencio. De vez en cuando echaban miradas rápidas a las estrellas. La Vía Láctea resplandecía sobre sus cabezas, cintilando perpendicularmente a la vía del tren como una encrucijada de luz. Los sonidos nocturnos del desierto se entremezclaban con el rumor de la máquina y los pasos de los dos hombres sobre la madera de los durmientes y el cascajo.

—Ha de ser horrible, ¿no?

—¿Qué cosa?

—Que te corten las piernas… O una mano, lo que sea.
Así. Tú estás pensando en acabar tu viaje y en que te paguen, en
comprar un six de Tecate. Y resulta que, al día siguiente, amane-
ces en el hospital y ya eres un inválido. Y lo peor: que a todos les
das lástima.

—¿Lo conoces?

—¿Al Ernie? Casi no. Lo vi dos o tres veces. Una vez hicimos guardia juntos y jugamos dominó. Pero no hablamos.

—Es un imbécil. Se la pasa diciendo que él siempre se
consigue a todas las chavas, y que se mete cualquier cantidad de
droga y nunca se pone mal, y que si un día se pone mal nos va a
matar a todos. Es de Guerrero, y según él allá todos son bien felo-
nes. Yo de plano nunca pude soportarlo.

—Y ahí tienes que ahora estás en medio del monte, en la
mera madrugada, por culpa de él.

—Qué joda, ¿no?

—Sí, pues.

Hubo una pausa.

—Oye. Dicen que cuando te cortan algo lo sigues sintiendo.

—¿Cómo?

—Que se siente como si todavía tuvieras el cuerpo entero.

—Ah, sí. Sí he oído de eso. Es que uno siempre se acos-
tumbra a lo que es. Qué joda, ¿no?

La linterna parpadeó de nuevo. Los dos custodios se estre-
mecieron con el sonido del tren.

—Ya se están acabando las pilas. ¿Traes más?

—Sí. Pero mejor háblales y diles que nos quedamos sin
lámpara, ¿no?

—Ya te dije que…

Escucharon el silbato.

—Al tiro. Ahí viene el tren. Y viene del sur, buey.

El convoy se aproximó a toda marcha. Aprovechando la
luz que arrojaba sobre ellos el reflector frontal de la máquina,
procuraron salirse de la vía por la parte menos accidentada del
terreno. Pero estaban parados sobre un bordo, y una hondona-

da escabrosa se extendía hacia ambos extremos del riel. Los guijarros repicaron contra las suelas de sus botas. Cuando el convoy estaba casi encima de ellos, ambos se arrojaron a ciegas hacia la hondonada. Rodaron por el declive. Tropezaron con un huizache y siguieron cayendo entre el cascajo, hasta detenerse al fondo, en una planicie. Tenían el rostro arañado por las ramas, y las ropas cubiertas de cardos y de tierra.

—¿Dónde está la linterna?

—¿Qué?

—La linterna. Préndela.

—No te oigo. Espérate a que pase el tren.

—Que prendas la puta linterna.

Una presencia se agitó muy cerca de ellos. El de la pistola se llevó la mano a la funda, pero el arma no estaba ahí.

—Te dije que nos iban a fregar los coyotes.

El tren concluyó su paso sobre el bordo. El golpeteo de las ruedas contra los durmientes bajó de volumen mientras la máquina se alejaba.

—Perdí la linterna —dijo uno.

—Ahí anda un animal —respondió el otro.

Ambos se tendieron sobre el desnivel de la hondonada y treparon a gatas, palpando entre los terrones, el cascajo y los matojos. Junto a la raíz del huizache, en un hueco de tierra suelta, uno de los uniformados palpó un objeto de metal.

—La encontré —gritó.

—¿Qué?

—Mi pistola.

Y abrió fuego hacia el lugar de donde provenían los ruidos.

—No la chingues —dijo el otro—, me vas a matar, cabrón. Espérate a que encuentre la linterna.

El de la pistola apretó nuevamente el gatillo. Un golpeteo como de pisadas batió sobre el polvo, alejándose. Al pie de la hondonada surgió, nuevamente, la débil luz de la linterna.

—¿Qué chingados te pasa, hijo de puta? ¿Me quieres matar?

—No estaba disparando hacia donde estás tú.

—Ni siquiera sabías dónde estaba yo, pendejo.

—Tranquilízate.

—Tranquilízate tú, pinche pistolero. Te dije que la guardaras.

—Y la guardé. Por eso se me extravió, por hacerte caso. Además, tú dijiste que el tren iba a venir del norte. Venía del sur. Te equivocaste.

—¿Y tú crees que ése es motivo suficiente para que me dispares?

Ambos rieron nerviosamente. Luego el de la pistola dijo:

—Mejor ponte calmado. Aluza para allá.

El de la linterna dio media vuelta y arrojó el haz de luz hacia el sitio desde el cual habían provenido los ruidos. El resplandor cayó sobre un par de bultos cubiertos de tela y sangre.

—Creo que las encontramos.

Las piernas habían sido mordidas salvajemente. Ninguna de las dos tenía zapatos, pero en una quedaba aún un resto del calcetín blanco. A la otra le faltaban todos los dedos. En varias partes, quedaba sólo el hueso.

—¿Cómo te diste cuenta, si estábamos a oscuras?

—Porque esto apesta a carnicería, ¿no lo sientes?… Nunca he soportado el olor de la sangre.

—Pues sí, ahorita ya lo estoy oliendo. Pero al principio, no.

—Oye… Vi algo muy raro con el fogonazo.

—¿Ah, sí? ¿Qué cosa?

—Algo como un bato tirado en el piso. Un gringo. Pero no me hagas caso. Lo aluciné.

—Es el miedo.

—Sí. Eso ha de ser… Oye, ahora sí háblales, ¿no?

El custodio miró nuevamente los restos de las piernas.

—Y para esto nos mandaron, carajo.

Se puso la linterna bajo el brazo y tomó el radio manual.

Cumpleaños

(III)

GUZMÁN BAJÓ EL cristal de la ventanilla. Lo primero que su olfato distinguió fue el olor de la gobernadora silvestre, un perfume parecido al de la menta, pero mucho más seco, como el de una hojita que hubiera estado durante siglos en un cajón. Después percibió tufos entremezclados, difíciles de aislar: polvo de grava, insectos tostados por las lámparas callejeras, la piel de los perros que corrían y ladraban junto a las ruedas del taxi. Finalmente, una picante combinación de sábila marchita y cemento puesto a secar sobre tablones.

—Aquí es —dijo.

—¿En la farola? —preguntó el taxista.

—La jardinera.

El auto frenó. Guzmán se fue de bruces sobre el respaldo del copiloto. El golpe fue leve, pero la boca se le llenó de pelusa al contacto con el tapiz del asiento. Bajaron del coche. Jacziri Yanet lo ayudó a incorporarse y lo condujo hacia la casa.

—El dinero, mi rey. Tengo que pagar.

Guzmán le alargó su billetera. Abrió la puerta. Cruzó el umbral y se dejó caer sobre el sofá.

—Tengo que ir al baño —dijo. Caminó hasta el ventanal y corrió con dos dedos la cortina. Bajo la escasa luz del alumbrado público, distinguió el muro listado de la jardinera y, detrás de él, la penca de sábila. Ángela la había traído de Parras unos meses atrás y, desde entonces, nadie la regaba. "Es que en esta casa hay buenas vibras —decía Ángela—, por eso las plantas no se marchitan fácilmente." La realidad era que la penca estaba muriendo.

El taxi se marchó. Jacziri Yanet entró a la casa. Le devolvió la billetera, que Guzmán guardó en un bolsillo trasero de su pantalón.

—¿Estás bien? —preguntó ella, abrazándolo.

—Tengo que ir al baño.

Se quitó la chaqueta. Al hacerlo, palpó en el bolsillo un objeto rígido: el teléfono celular que le había dado el Mayor. Lo extrajo y, por unos segundos, lo sostuvo enfrente de su cara, muy cerca de los ojos. Sintió ganas de llamar a Ángela y contarle todas las cosas de las que se había enterado esa noche, desde los pormenores del accidente ferroviario hasta el modo en que Jacziri Yanet había vendido a su hija recién nacida. Pero no: se limitó a poner el Nokia encima de la mesa del comedor.

Entró al baño, se sujetó de los bordes de la taza con ambas manos y vomitó. A través de la puerta cerrada, escuchó que Jacziri Yanet sintonizaba una estación de radio en el estéreo de la sala. Una tonada familiar envolvió su cabeza. Hilos de saliva marrón pendían de su boca. Recordó la cocaína que el Mayor le había regalado y, sentándose a horcajadas en la taza manchada de vómito, vació algo de polvo sobre el azul reluciente del depósito. Enrolló un billete y aspiró a través de él. Estaba tomando la tercera línea de polvo cuando escuchó el grito. A éste le siguieron fuertes golpes en la puerta y la voz histérica de Jacziri Yanet llamándolo desde el otro lado:

—Ábreme, mi rey. Hay un ratón en las cajas de zapatos de tu esposa.

—ES UNA HISTORIA bonita —dijo Antonio—. O, mejor dicho, es un bonito sueño. Voy caminando por una calle que bordea el río Nazas. Pero es una calle falsa, porque ya ves que junto al Nazas siempre ha habido una avenida, y en mi sueño lo que hay es más bien un callejoncito con banqueta. Salgo de la escuela con mi mochila al hombro (no creas que chavalo, sino que así, tal y como me ves) y escucho una canción: *Across the universe*. No sé si la conoces.

—Cómo no —aclaró Ángela—, de los Beatles.

—Ándale. Ésa.

—Óyeme, tú, si no soy tan ignorante.

—Escucho la canción y camino —prosiguió él, sin hacerle caso—. Y eso es todo. Camino desde la escuela por una calle angosta junto al río, y escucho y soy feliz, y así toda la noche, porque además es de esos sueños que no se acaban nunca. Ésa es la sensación más clara que conozco de la felicidad.

Antonio y Ángela charlaban sentados en el sofá de la sala. La casa entera era un gran amasijo de sombras.

La tormenta eléctrica había empezado poco después de medianoche. No era tan común que en noviembre lloviera con semejante fuerza, pero, como solía decir la pareja de ancianos de la heladería Las Nieves de Tencho: "si Cuernavaca tiene eternamente primavera, la estación fija de Parras de la Fuente es el verano". Mientras los invitados corrían desde el jardín hacia el interior de la casa, arrojando sobre el césped platos de suculenta discada, que en segundos quedaban convertidos en amasijos de grasa nauseabunda bajo los goterones de la lluvia, Ángela había sentido en su interior un triunfante galope de venganza. Los comensales se apiñaron en la sala y la cocina, la mayoría de ellos con las ropas empapadas. A los pocos minutos, se escuchó un estallido lejano y todas las luces de la casa se apagaron. Hubo una breve exclamación colectiva. "Se fue la luz", repitieron varias voces desorquestadas. Luego, poco a poco, comenzaron a formarse corrillos fugazmente visibles merced a los relámpagos. Don Eugenio buscó a tientas el teléfono y, tras un par de llamadas, confirmó a gritos que el apagón había afectado a casi todo el pueblo, aunque milagrosamente no dañara las líneas telefónicas. Nadie le hizo caso: para entonces, ya la fiesta había recuperado parte de su anterior animación. En secreto, Ángela se sintió ultrajada. Pero la lluvia pasó pronto, dejando sólo una secuela de esporádicos relámpagos. Casi al mismo tiempo, las bebidas alcohólicas comenzaron a escasear en la casa. La electricidad, en cambio, siguió ausente. Lo difícil e incómodo fue escuchar al primero de los asistentes que anunció que se marchaba. Porque, luego de él, la mayoría comenzó a despedirse escuetamente, casi con vergüenza, como si por primera vez en toda la noche, y gracias a la persistente penumbra, se dieran cuenta de que aquella reunión tan alegre en homenaje a un ausente lindaba los límites de la descortesía. Los últimos en marcharse habían sido los miembros de la familia. Adolfo y Rubén desaparecieron en la planta alta, aún acompañados de Mariana, con el pretexto de que uno de ellos tenía por ahí escondida una botella de Havana Club. Don Eugenio y doña Eugenia decidieron retirarse también, no sin antes recomendar a Ángela que no se desvelara demasiado. "Sí, mamá", contestó ella, y los vio perderse, cada quien por su lado, en dirección a sus respectivas habitaciones: doña Eugenia escaleras arriba, y don Eugenio hacia el ala frontal de la casa, al otro lado del jardín.

      Habían pasado casi dos horas desde entonces. Antonio recargó su cabeza en el hombro de Ángela y dijo:

—Ahora tú. Cuéntame uno de tus sueños.

—Híjole, ya me estoy durmiendo —respondió ella, y bostezó—… No, Toño. Yo nunca sueño. Quiero decir…

—Todos soñamos.

—Ya lo sé, bartolo. Estás igual que mi marido: se la pasan corrigiendo. Quiero decir que no los recuerdo nunca. Pero puedo contarte una historia muy buena.

—A ver.

Ángela hizo una pausa. Luego empezó:

—Cuando era niño, un sacerdote había tenido una noviecita de su misma edad que lo acompañaba a jugar junto a una noria. Era muy travieso. Un día hizo que ella se asomara a la noria y le dio un empujón. La mató. Como era de esperarse, el fantasma de la niña volvió de la tumba. Pero no por venganza. Al contrario: quería quedarse junto al niño para siempre, en plan de esposa. No le importó que, atormentado por su falta, él se metiera desde muy joven al seminario. No le importó, años después, acompañarlo de una parroquia a otra, mientras él, fracasado y borracho, daba malas misas y peores sacramentos a los vivos.

"Pero todo esto no es tan curioso. Lo curioso es que el fantasma de la niña creció. Cumplía años igual que el cura, volviéndose un espectro de chamaca, de señorita, de mujer. Llegaron a la vejez juntos. Y luego el sacerdote falleció. Su espíritu no anduvo penando: simplemente se fue. En cambio, la niña ya no pudo morir del todo. Se quedó en la última casa que había compartido con su asesino, envejeciendo hasta que ya no pudo ni moverse. De seguro sigue ahí todavía, tumbada en una silla, extrañando al niñito que, por pura travesura, la mató antes de que ella tuviera edad para decirle que lo amaba.

Antonio palpó sobre la mesita de noche, buscando los restos de su vodka.

—Órale —dijo—. Qué historia.

—En realidad sí es un sueño —apuntó ella—. O un cuento que sucede adentro de un sueño. Pero no es mío.

—No, claro. Debe ser de Guzmán.

—Ya ves. Hasta tú reconoces sus pesadillas. Si es para cosas como ésta, yo de plano prefiero no soñar.

Estuvieron un rato en silencio. Luego él se volvió hacia ella y la besó. Ángela titubeó por un instante, pero enseguida metió su lengua entre los dientes disparejos de Antonio. Sentía la boca seca. No le pareció un buen beso: Antonio la estaba mordiendo, y ella hubiera preferido ir despacio. Se sintió más serena cuando los labios de él rozaron su cuello. Una mano le desabotonó la blusa, avanzó por debajo de la prenda hasta la espalda y, con una suave presión sobre el broche, hizo saltar el sostén. Fue un movimiento idéntico al de Guzmán al desnudarla.

Ángela lo apartó bruscamente y se puso de pie. A causa del rechazo repentino, la cabeza de Antonio chocó contra la pantalla de la lámpara, que estuvo a punto de caer. Él la detuvo con una mano y con la otra se sobó la cabeza. Ángela rió, pero se contuvo de inmediato porque en ese momento regresó la luz. Ambos se cubrieron los ojos con las manos. Antonio se dirigió al muro y apagó el interruptor. Sólo quedó encendida la lámpara de mesa.

—Disculpa.

—Disculpas de qué, Toño, si somos adultos. Es que estoy preocupada por mi esposo.

"Mi esposo", repitió mentalmente: lo había dicho de la manera equivocada.

Antonio la abrazó, acariciándole suavemente la mejilla.

—Estás preocupada.

—No seas así. Mejor ya vámonos a acostar.

—Okey —dijo él, sin poder disimular una sonrisa.

Ángela le dio un coscorrón, también sonriendo.

—No seas malo. Es que estoy diciendo todo de la manera equivocada. Ándale, Toño, vamos a dormir. Ya tengo mucho sueño.

Ella aún tenía entreabierta la blusa. Antes de que pudiera abotonarla, él apagó la lámpara y le tomó la mano. Volvió a besarla mientras subían las escaleras, pero ahora el beso fue más suave: sin morder tanto ni meter demasiado la lengua.

—¿YA LO VISTE? —preguntó Yanet desde el otro lado de la puerta de la recámara.

—No.

Guzmán se cercioró de que la malla metálica de la ventana no estuviera rota y cubrió la rendija que había en la parte inferior de la puerta con una camiseta sucia. Luego cerró ambas hojas del clóset.

—¿Qué estás haciendo?

—Lo estoy buscando —respondió él.

Empuñó la escoba y la deslizó con cautela por debajo de la cama. Sentía un leve ardor en las articulaciones: la cocaína lo había dejado nervioso y torpe, con un dolor de cabeza que iba y venía en oleadas.

—Pero ahorita, mi rey, en este instante. ¿Dónde lo estás buscando ahorita?

Guzmán dobló las rodillas y mantuvo la espalda recta. Se inclinó, levantó el edredón y se asomó debajo de la cama. Había un montón de borra suelta.

—¿En este momento? En este momento me estoy asomando debajo de la cama.

—¿Lo ves?

—Creo que no. Es que está oscuro.

—Fíjate bien.

—No —dijo Guzmán, incorporándose—. No lo veo.

Caminó hasta el peinador y se asomó por la rendija que quedaba entre éste y el muro. Le vino a la cabeza la imagen de Ángela unos años atrás, cazando un ratón: semidesnuda y armada también con una escoba, mientras él le decía: "Déjalo en paz, hombre. No va a hacernos nada. Ven acá, angelito: no me puedes dejar así por culpa de un animal".

Luego Ángela cazó el ratón y, cogiendo el cadáver de la cola, lo insultó. Más tarde, cuando habían terminado de hacer el amor, ella preguntó: "Chiquito, ¿por qué te dan tanto miedo los ratones?"

Guzmán tomó un Kleenex de encima del peinador y se sonó la nariz. El papel se cubrió de sangre pegajosa. Volvió a la cacería. Las cerdas plásticas de la escoba no cabían por la rendija del peinador. Trató de meter el mango, pero éste se atoraba entre la madera y el muro antes de llegar al piso de mosaico.

—Oye…

Guzmán sacudió la cabeza y extrajo con violencia el mango de la escoba.

—¿Qué?

—No te enojes —dijo Jacziri Yanet—. ¿No crees que ya se haya salido?… A lo mejor se quedó abierta la ventana.

—No. La malla no está rota. Tampoco veo ninguna rendija en la pared. ¿Estás segura de que cayó fuera del clóset?

—Sí. Pero como dejé las puertas abiertas, a la mejor se metió de nuevo. Quién sabe.

No era motivo suficiente para dejar de amarla, pero le dolía mucho que Ángela estuviera siempre tan consciente de sus miedos y sus fobias. Y que, no conforme con esto, se lo hiciera saber. Recargó la escoba en un rincón. Abrió alternativamente las hojas del clóset y revisó cada una de las cajas de zapatos de su mujer. Para olvidar su miedo, intentó concentrarse en imágenes lejanas.

—¿Qué estás haciendo?

—Lo estoy buscando entre los zapatos.

Recordó la primera vez que había sentido pánico ante un

ratón. Estaba de vacaciones en Frontera, un pueblo acerero donde vivían los familiares de su madre. Tenía nueve o diez años. Los niños del vecindario se pasaban las tardes del verano junto a un arroyo podrido, apedreando barquitos de papel. Sobre las aguas negras junto a las que jugaban, flotaban pañales desechables, desperdicios y pedazos de animales muertos. No importaba cuál fuera el juego, Guzmán siempre era el último. Cuando la rata emergió de entre un montículo de sopa agusanada, el resto de los niños ya se encontraba al otro lado de la corriente. Él, en cambio, seguía indeciso entre saltar o no. "Mátala", le gritaron sus compañeros de juegos al verla. Guzmán le arrojó una piedra con tal puntería que dio justo en la cabeza. Pero la rata era muy fuerte y gorda y no parecía temerle en absoluto: al contrario, corrió hacia él y le mordió el borde de las suelas de los zapatos. Guzmán gritó del susto mientras los otros niños reían. No recordaba cómo se había librado de ella. Pero siempre sentía escalofríos al pensar en una bestia tan pequeña y enfurecida, sin un ápice de miedo.

Acomodó las cajas de zapatos y cerró ambas puertas del clóset. Desde la sala le llegó, amortiguado, el timbrazo de un teléfono. No era el de la casa. Recordó nuevamente el celular de Plutarco, y pensó: "Es Ángela". Y Luego: "No: es el Mayor, que quiere saber si ya hablé con Ángela". Y enseguida: "No: son los buscadores de las piernas, que buscan al Mayor". Escuchó los pasos de Jacziri Yanet dirigiéndose a la sala.

—No contestes —dijo él, abriendo de golpe la puerta. Ella siguió caminando—. Oye, te estoy diciendo que no.

Sin detenerse, Jacziri Yanet se volvió hacia él.

—No me grites, cabrón. Voy al baño. ¿Y sabes qué? Entre tu pinche ratón y ese teléfono de mierda ya me tienen harta. Mejor pídeme un taxi, porque me voy.

—Perdóname —dijo Guzmán, suavizando su expresión y su tono de voz—. No quise sonar grosero. No te vayas.

La muchacha se encogió de hombros.

—¿Sabes qué?... Mejor olvídalo. Ya se te escapó.

Entró al baño.

Guzmán cerró la puerta de la recámara. El celular siguió sonando un rato. Luego todo quedó en silencio. Se sentó en la orilla de la cama, con la escoba entre las piernas…

Los ratones.

Sorbió con fuerza. El sabor a orines de la cocaína y el sabor a centavos de cobre del tequila resbalaron por su garganta. Se sujetó las sienes con ambas manos y clavó la vista en el piso. Entonces lo vio. Caminaba con lentitud, untando su cuerpo contra el muro. De pronto se detuvo: su hocico palpitaba con frenesí, oteando el ambiente. Era el más diminuto ratoncito que Guzmán hubiera visto. "De seguro es el hijo perdido de alguien —pensó, mientras tomaba la escoba con movimientos sigilosos—. Y ese color tan raro, tan claro: hasta parece pálido del susto." Satisfecho, notó que no sentía temor: apenas una ligera repulsión. Giró la escoba, sujetándola con fuerza a la altura de la mitad del mango. Se le ocurrió que un cadáver era siempre una cosa demasiado pequeña.

Se puso de pie de un salto. Lo golpeó en dos ocasiones. Primero de arriba hacia abajo, presionando las puntas de la escoba contra la intersección del piso y la pared. Luego en forma horizontal, colocando su cadera de lado para balancearse y azotar la escoba contra el zoclo. Del piso brotó una diminuta mancha de sangre. Al verla, no pudo reprimir una exclamación de alegría. Escuchó vaciarse el agua del inodoro, luego una carrera a través del pasillo y, por último, la agitada voz de Yanet al otro lado de la puerta.

—¿Lo viste?

—Sí. Lo maté.

Ella entró a la recámara. Miró con repugnancia el cadáver del ratón.

—Hay que echarlo a la basura —dijo—. No: mejor a la calle.

Guzmán no respondió. Se limitó a sujetar por la cola los restos del bicho.

—No. No seas malo —dijo ella.

Él sonrió. Se sentía relajado. Se dirigió a la cocina y, sosteniendo el cuerpo del ratón frente a su rostro, repitió las palabras que le había escuchado a Ángela años atrás:

—Para que veas que conmigo no se juega, baboso. A mí, ni tú ni ningún otro pendejo me echa a perder una noche perfecta.

EL MAYOR

EL MAYOR

EL MAYOR CRUZÓ la calle y se plantó frente a Guzmán. Extrajo su celular de la funda y lo metió en uno de los bolsillos de la chaqueta de su amigo.

—Hazme caso, compadre: al menos llámala. Acuérdate de que hoy es tu cumpleaños.

Luego se marchó calle abajo, rumbo a la plaza, donde había estacionado su camioneta, y enfiló rumbo al oriente de la ciudad, hacia la zona de tolerancia.

Estacionó la Ford delante de una cuneta formada por plantas de gobernadora. Apagó el motor y los faros, y abrió la guantera para confirmar que en el fondo estaba su pistola. Unos nudillos hicieron vibrar el parabrisas.

—Un pesito pa' la coca, jefe. Aquí le cuido el mueble.

Plutarco extendió un billete de veinte pesos al mozo. Sacudió la cabeza. Descendió del vehículo y, antes de lograr orientarse, tropezó un par de veces con las piedras y los terraplenes que componían el improvisado estacionamiento.

Miró hacia el área iluminada. La pintura del alto muro exterior que circundaba los prostíbulos había sido blanca alguna vez, y quizá en otra ocasión verde pistache. Visto desde el exterior, el conjunto de edificios parecía una bodega o una nave industrial. A unos quince metros del límite del estacionamiento había una fila de taxis con las luces encendidas. Al otro lado de la reja negra que limitaba el acceso, cuatro o cinco policías cacheaban a los parroquianos recién llegados. En la parte exterior, más cerca de Plutarco, dos mujeres discutían a gritos mientras una de ellas se cambiaba los zapatos y la otra permanecía acuclillada detrás de un autotaxi, orinando. Plutarco miró hacia la ciudad, cuyas luces se extendían cuesta abajo, al oeste de la sierra de Zapalinamé.

—Pesito pa' la coca, jefe —dijo el policía que lo registraba.

—Mi única arma es un cortaúñas, pero lo dejé en la troca. Y no me hables de dinero mientras me revisas, no seas ingrato. Van a pensar que me cobras la sobada.

El policía levantó el rostro y lo miró con severidad durante un instante. Luego sonrió y, dándole la espalda, se dispuso a cachear a otro cliente.

El Mayor caminó hacia el fondo del pequeño pueblo fantasma que formaban los prostíbulos. Bajo las luces de colores opacos desfilaban putas semidesnudas, borrachos y un montón de travestis. El volumen de la música era muy alto y hacía imposible distinguir alguna melodía entre las canciones que salían de cada negocio y se entremezclaban en las banquetas. Cuando soplaba una ráfaga de viento, el polvo de las callejuelas sin asfaltar se levantaba intensamente, blanqueando los cabellos de las mujeres y formando remolinos a la puerta de las cantinas menos frecuentadas. "Es como una película de vaqueros", pensó Plutarco. Decidió tomarse un brandy en el club Tres Estrellas.

UNA VEZ, PLUTARCO Almanza había tenido que conducir su camioneta hasta Buenos Aires, municipio de Múzquiz, Coahuila, muy cerca de la reservación kikapú de El Nacimiento. El viaje le dejó como recuerdo uno de los peores sustos de su vida, y la costumbre de revisar la guantera en busca de su pistola cada vez que se encontraba en un terreno despoblado.

—No vayas, patrón —le había dicho el capitán Marías—. Nomás vas a batallar y a que te saquen más dinero. Tienes el corazón de pollo, patrón. Mejor, si quieres, yo voy en tu lugar.

Pero el asunto era bastante serio: Simón Chaparro, un custodio veterano que había logrado sobrevivir a más de dieciocho meses de labor en los rieles, había caído entre dos vagones cuando intentaba saltar de uno a otro con el convoy en movimiento. El cuerpo quedó enganchado en la escalerilla del segundo de los carros, de manera que nadie notó el accidente hasta que el tren llegó a su destino. Para entonces, la cabeza y los brazos de Chaparro se habían casi diluido, dejando una estela oscura de grasa y sangre que, según los guardias más habliches, se prolongaba por kilómetros.

Lo que empeoraba las cosas era que, por esos días, y debido a una crisis financiera, el general Hinojosa había tenido que posponer la renovación de los seguros de vida de todo el personal. El dinero con que contaba la empresa para indemnizar a la familia era una miseria, y a Plutarco le tocaba viajar hasta Buenos Aires, de donde era originario el custodio, para garantizar que la mujer firmara todos los papeles y renunciara a su derecho de demandar a la COMSE.

—No vayas, patrón —insistió el capitán Marías—. O, en todo caso, déjame ir contigo. No es por ti, patrón, sino por la empresa: si la viuda es de buen ver, vas a acabar cogiéndotela, y eso le va a salir más caro al general que conseguirte la mejor puta de México.

Ambos rieron. Luego Plutarco subió a su camioneta y le ordenó a Marías que lo esperara en Monclova.

La negociación fue más breve y sencilla de lo que él imaginaba. La mujer aceptó con una inmensa felicidad los cinco mil pesos en efectivo que le había llevado. Mientras firmaba los papeles, le pidió que pasara al jacal de piso de tierra y se tomara una taza de aguardiente con la familia.

—Nosotros mismos lo hacemos este sorroncho —le dijo el más grande de los huérfanos de Simón Chaparro, un niño de unos catorce años que estaba bebiendo junto a él—. Mi apá nos enseñó: nomás hay que poner a macerar unos pedazos de mecate en un galón de alcohol potable. Sale barato.

Plutarco se despidió lo más pronto que pudo. Ya había encendido la camioneta cuando la mujer lo alcanzó y, colgándose de la portezuela, le pidió que se llevara a su hijo a trabajar al riel.

—Es güerco, señor, pero está bien correoso. Sí aguanta la joda.

—Ya te maté a tu marido —dijo el Mayor—. Y ya te lo pagué. No quiero más muertos de tu familia en mi conciencia. Así estamos a mano.

Salió del pueblo a toda marcha, con una profunda sensación de vergüenza. Sin embargo, esta sensación se desvaneció menos de una hora después, cuando el motor de la Ford empezó a calentarse en medio del camino vecinal, sin una sola casa o ranchería a la vista. Pensando en darle un descanso a la máquina, se detuvo frente a un huizachal, en medio de la nada desértica. Llamó desde el celular a Marías para informarle de su situación.

Unos minutos más tarde, otra camioneta se detuvo junto a la suya. Era una Cheyenne amarilla como del sesenta y tantos, pero puesta al día con toda la parafernalia que gustaba a los jóvenes: vidrios polarizados, rines de magnesio, escape de bazooka y calcomanías de "Don't mess with Texas" y "Get In, Sit Down, Shut Up & Hang On". Sin apagar el motor, los tripulantes bajaron los vidrios de sus ventanillas y miraron a Plutarco. Éste les devolvió la mirada. Eran dos jóvenes indios kikapúes. Llevaban las caras pintarrajeadas al estilo tradicional de su tribu, pero iban vestidos con las gorras y las sudaderas habituales en un pochito o un gringuito con algo de dinero. Se pasaban de mano en mano una bolsa de solvente y aspiraban de ella, mientras reían y mantenían una conversación en inglés que Plutarco no alcanzaba a escuchar.

El copiloto descendió de la camioneta. Llevaba una escopeta en las manos. Cortó cartucho, pegó los dos cañones a la sien izquierda de Plutarco y preguntó, casi cortésmente:

—Are you afraid, mister?… I guess you do. If some crazy indian motherfucker like me put me a gun on the head, I should be afraid to shit.

Ambos muchachos rieron. El Mayor esperó unos segundos, pero el kikapú no bajaba el arma. Al fin, Plutarco dijo:

—Yes, sir. I'm afraid to shit. Please don't kill me.

El joven kikapú pareció pensárselo. Respondió:

—Okey.

Y bajó el arma. Su compañero le lanzó la bolsa de solvente. El de la escopeta la cachó y aspiró hasta el fondo de sus pulmones. Luego subió a la Cheyenne, que arrancó con un rechinido de llantas nuevas sobre el asfalto descascarado.

Plutarco tardó un momento en reaccionar. Después hurgó en la guantera, extrajo su pistola y trató de encender el motor de la Ford. Pero la máquina seguía sin responder. Dando un alarido, bajó del vehículo y vació toda la carga del revólver contra la corteza de los huizaches. Luego buscó una caja de balas, rellenó el tambor del arma y volvió a disparar. Así estuvo toda la tarde, hasta que el capitán Marías llegó acompañado de una grúa.

EL VIENTO LE VOLÓ un par de veces el sombrero. A la tercera ocasión, el Mayor ya ni siquiera intentó levantarlo: lo vio rodar calle arriba entre rocas sueltas, lucecitas rojas y putas ancianas que ofrecían una mamada a los últimos ebrios. Empezaba a amanecer. A espaldas de Plutarco, una voz tipluda y sucia gritó:

—Págame, cabrón. No me has pagado. A ti te estoy hablando, hijo de la verga. No te hagas pendejo.

Se volvió con lentitud. A unos treinta metros de él, una rubia teñida y con el torso apenas cubierto por una toalla color rosa vociferaba. Plutarco dio media vuelta y caminó hacia el estacionamiento. Palpó en el bolsillo las llaves.

—Ahí le hablan, jefe —le dijo uno de los policías junto a la reja de salida.

Un robusto brazo rodeó el cuello del Mayor y estrelló su cabeza contra la cerca de metal.

—¿Es éste? —preguntó una voz ronca.

—Ese perro hijo de la chingada —respondió la prostituta—. No dejes que se vaya.

El Mayor lanzó un puñetazo al aire y, al girar sobre sus talones, vio que un cuerpo más alto que el suyo se tambaleaba, sujetándose la mandíbula. Miró a la mujer.

—Dispénseme, señorita. Yo ni estuve con usted. Yo andaba...

No pudo terminar la frase: varios uniformados saltaron

sobre él, derribándolo bocabajo y sujetándole las manos tras la espalda. Desde el suelo y a oscuras, pudo ver fugazmente el color gris terroso de la bota que se estrellaba una y otra vez contra su cara mientras otros objetos y pies y manos golpeaban el resto de su cuerpo. El sabor de la sangre lo ahogaba. Tenía el rostro adormecido, pero sintió un dolor intenso cuando la punta de la bota entró en su ojo, inflamándole la cabeza y cubriendo su rostro de una baba pegajosa. Pensó que estaba a punto de morirse, y comenzó a pedir perdón a gritos y a suplicar y a llorar muy fuerte para que ya no le pegaran.

—A ver si así aprendes a no andar haciéndole al chingón —dijo la voz ronca—. En estas cuatro calles, la única ley que rifa es la de los Interventores.

La golpiza cesó. Mientras los policías lo arrastraban hacia una celda, despojándolo de su reloj, sus llaves, su cadena de oro y su cartera, Plutarco miró con el único ojo que le quedaba al hombre alto y vestido de civil que acababa de desgraciarle la cara. No percibía muy bien sus facciones, pero puso atención en sus ademanes y el corte de sus ropas. Los hombros echados hacia atrás. El pantalón de mezclilla. Las botas grises ensangrentadas.

Entonces se desmayó.

HISTORIA DE UN PAR DE PIERNAS

(IV)

BITÁCORA DE BASE "Gerardo González"
Nvo. Laredo Tam.
Informa 10-28 Pantera.

Se recibió comunicado de las 0530 hs. transmitido por 10-28 Bareta.
Con la novedad de que siempre sí aparecieron las piernas aunque tam-
poco en buen estado porque tal y como advirtieron los elementos respon-
sables, y sí tenían razón, ya casi las habían mascado y babeado com-
pletamente los coyotes. Dicen que estaban muy apestosas, pero a mí no me
consta porque me dio harto asco y preferí no acercarme para no vomitar.
10-28 Monclovita fue a recoger a los veintes destacamentados por el ca-
pitán Marías. Los esperó de vuelta en una labor cercana a las orillas del
riel. Informa que se dilataron porque se quedaron sin pilas para la batería
y se salieron de la vía y se perdieron, y por eso no volvían al 12 Caran-
toñas. Venían medio peleados quesque porque Rafles le disparó a Bareta
debido a que lo confundió con un coyote. Cada uno quedó con el capi de
rendir su 25 personal a 10-28 MAYOR para que no hayan confusiones.
Ahí a ver si no los corren a la fregada por andar de antíporas fogoneando
en terrenos federales. Eso ya no es asunto de nosotros.

A Remo y a Fundidor les tocó resolver el 18 de las piernas. Resulta
que se estaban pudriendo y apestando, como ya tengo referido. Tratamos
de localizarlo a 10-28 MAYOR para recibir instrucciones, pero su 8 celu-
lar timbra y timbra nomás, y nadie nos responde. Por órdenes expresas
del capitán Marías, se envolvieron muy bien los pedazos de piernas y se

metieron en una bolsa de plástico oscuro. Remo y Fundidor le llevaron el envoltorio al carnicero del pueblo, que abre siempre bien temprano gracias a Dios. Le indicaron con mentiras que eran los bastimentos de carne que nos había regalado un ranchero, producto de una vaca que le atropellaron, y que nos dijo que ojalá nos rindieran varios días; pero también le dijeron que, como no teníamos refrigerador, se los llevaban a encargar por mientras, mientras decidíamos si hacer una carne asada o deshebrar el tasajo y tenderlo a salar, o a ver qué. El señor don Tobías, que es como se llama el carnicero, hizo gestos y comentó que a lo mejor esa carne ya estaba aceda, por el tufo, pero siempre sí aceptó guardarla en un refri viejo que tiene en la trastienda. Dijo que sólo por tratarse de nosotros, pero que nomás por el día de hoy.

El capitán Marías se fue a Saltillo en busca de 10-28 MAYOR para que nos indique cómo proceder con las piernas, porque así de mascadas como están de coyotes, lo más seguro es que ya no puedan volvérselas a pegar a nuestro compañero el Ernie de la Cruz, 10-28 Suriano.

Firmado: Pantera (R-Op.)
0653 hs.

CACERÍA

DR. MOSES SOÑABA un recuerdo de su infancia.

Había ido de cacería con su padre a Los Cinco Manantiales. El resto de la partida lo integraban Jeff Sanders, Ritchie Silva y Marco Márquez. Acamparon muy cerca de una terracería, junto a la Chevrolet 62 de Jeff. En el transcurso de la madrugada, Ritchie y Marco se levantaron. Uno cogió la lámpara Coleman y el otro se terció sobre el hombro el 30-06. Se internaron en una zona arbolada que se extendía frente al campamento. Doc estaba despierto. Desde su sleeping, los miró desplazarse sigilosamente entre los árboles. Luego los perdió de vista. Sacudió a su padre, que estaba tendido junto a él.

"¿Qué quieres?", preguntó Mr. Moses.

"Ritchie se extravió", contestó su hijo. "También Marco."

Mr. Moses salió del sleeping y miró en dirección a los árboles. A la distancia, distinguió un resplandor.

"No se perdieron", murmuró sonriendo. "Notaron un rastro y decidieron empezar la cacería sin nosotros. Vamos, aún estamos a tiempo de alcanzarlos."

Mientras padre e hijo marchaban, escucharon un tiro. Después otro. Luego un largo silencio. Doc se abrazó a su padre. Éste le sonrió y le instó a seguir. Algunos minutos más tarde, el motor de la camioneta se encendió a sus espaldas.

"Le dieron", repetía Mr. Moses, "estoy seguro de que le dieron".

Siguieron andando por un rato, guiados por las voces lejanas, el sonido del motor, los rastros que Mr. Moses identificaba con su lámpara y las esporádicas apariciones de la otra linterna. Finalmente, se toparon con Ritchie. Estaba acuclillado junto a la presa.

"Hey, Moses", los saludó agitando el brazo. "Vean qué buena pieza conseguí. Marco fue por ustedes. Tenemos que apresurarnos."

El motor de la Chevrolet se escuchaba cada vez más cerca.

Doc se inclinó sobre el venado y notó la inflamación de su vientre. Enseguida arremetió a puñetazos y patadas contra las piernas de Ritchie.

"¡Eres muy malo! ¡Eres un asesino! ¡Mataste a una venadita con su bebé!… La mató, pa: mírala. Tú dijiste que las hembras no se tocan."

Mr. Moses abrazó a su hijo, tratando de calmarlo. Ritchie soltó una carcajada.

"Oh, Moses. Tienes que instruir mejor a este pequeño hippie de mierda."

"Basta", dijo Mr. Moses irritado, y golpeó con su mano abierta la nuca de Doc. "No es una hembra. Es un macho, sólo que acaba de alimentarse. Y de seguro era un glotón."

Hasta ellos llegaron las voces de Jeff Sanders y Marco Márquez.

"¿Qué pasó?", indagó Jeff. "¿Lo atraparon?"

"Ritchie lo atrapó."

"¿Deveras?"

Ritchie no respondió. Examinaba de nuevo a su presa. Dijo:

"No tiene caso llevárnoslo así. Sería un esfuerzo innecesario."

Extendió a Mr. Moses la valija donde guardaba sus utensilios de corte.

"Nadie mejor que tú para esta tarea."

"No me friegues, Ritchie. Echaría a perder mi ropa."

Doc escuchó el diálogo mirándolos de reojo. Su atención se concentraba en la bestia muerta.

"Está bien", dijo, luego de un silencio, su padre. Tomó las herramientas. "Jeff, tú y Marco vayan a la camioneta por los ganchos. Busquen también una buena horqueta para sostener el pecho en alto. Ayúdales, hijo."

Doc obedeció.

Trabajaron durante casi una hora. Cuando el torso del animal estuvo empotrado sobre la horqueta de un tronco seco y con el inicio del vientre casi perpendicular al suelo, Mr. Moses extendió su cuchillo a Doc.

"Anda, hijo. Ábrelo tú mismo, para que compruebes que no se trata de una hembra. Ábrelo. Como te enseñé: un golpe seco, justo debajo del esternón. Un sólo golpe, y luego rasgas hacia abajo."

Embargado por la emoción y la náusea, Doc tomó el cuchillo de caza y se abalanzó sobre el venado. La hoja de acero topó en una superficie dura y cayó de su mano adolorida. Todos se rieron. Ritchie dijo:

"Tenías que destazar al venado, niño hippie. No al tronco."

"Cállense", ordenó Mr. Moses. Y luego, volviéndose a Doc: "no les hagas caso, hijo. Ha sido un buen intento. Sólo que aún no sabes flexionar las rodillas. Te lo enseñaré la próxima vez".

Buscó el cuchillo con su lámpara, lo levantó del suelo y, con un movimiento que parecía suave y a la vez enérgico, perforó el vientre del venado. Del boquete surgió, bajo la luz de las linternas, un espeso vaho color verde, tan brillante y translúcido como una esmeralda gaseosa. Era como si, evaporada, la esencia última del campo brotara del interior del animal.

"¿Sientes ese olor, hijo?… Hierba fresca. De seguro acababa de bajar de la loma cuando Ritchie le disparó. Toma, guarda el cuchillo. Jeff, ¿podrías acercarme el resto de los filos? ¿Y sostener mi linterna, por favor?"

Doc cogió nuevamente el cuchillo de caza. Con él en la

mano, se internó en la arboleda. A medida que avanzaba, sus pasos eran más largos y pesados y el vaho verde que envolvía el ambiente iba adquiriendo mayor densidad. En cierto punto, notó que ya no caminaba entre los árboles, sino sobre un piso de mosaicos amarillos. Su cuerpo de niño se convirtió paulatinamente en su cuerpo de hombre. El cuchillo, por el contrario, se había empequeñecido: ahora era un bisturí. Descubrió que el venado lleno de hierba de su infancia y la puta embarazada a la que había amado en sus tiempos de estudiante eran, de algún modo, la misma persona.

Frente a él vio a una joven rubia, un hombre alto y gordo y otro moreno y de estatura mediana que usaba anteojos. Reconoció a la chica: era su hija Shannon. Los dos varones sólo le resultaban familiares por haberlos visto en sueños. Doc se abalanzó sobre el hombre alto y, flexionando las rodillas, le hundió el bisturí encima de la cadera en repetidas ocasiones, interesando con precisión profesional los órganos vitales. Luego se volvió hacia el de los anteojos.

—Despierta, papi. Despierta —dijo Shannon—. Otra vez lloras dormido.

Doc tuvo un prolongado ataque de tos. Se enderezó sobre la cama y, seguido por los ojos impasibles de su hija, hurgó en los cajones del buró hasta dar con una mascarilla antiasmática. Respiró dentro de ella unos minutos, hasta tranquilizarse.

—¿La tuviste otra vez? —preguntó Shannon.

—Sí —dijo él—. Toda la noche. Ésta ha sido de las peores.

—Ay, papi. ¿Los mismos? ¿El mismo lugar?

—Sí. Los dos mexicanos. Las escaleras… Te juro que algo me hicieron en esa casa, hija. Algo cabrón.

Mientras hablaba, cobró conciencia de lo infantil y llorosa que sonaba su voz. Por eso usó al final una expresión dura, un par de palabras que le devolvieran la sensación de ser un hombre adulto y valiente

—Aunque ahora empezaba de manera distinta —prosiguió—: tenía que ver con aquella historia de cuando tu abuelo me llevó a cazar venados. Y también soñé con un hombre que tenía una pistola. Pero eso fue antes. En la cocina.

—¿Dormías en la cocina? ¿Por qué?… Ah, dentro del sueño ibas a la cocina, ¿es eso?

Doc se talló los ojos con las palmas de las manos.

—No lo sé. Algo así.

Shannon se vio al espejo y corrigió su maquillaje.

—¿Y la historia del abuelo?… No veo la relación.

—Es que no hay relación. No que yo sepa. Tal vez sea hora de que consulte a un analista.

La chica lo atrajo hacia sí y lo besó muy cerca de los labios.

—Oh, Doc. No digas eso. Tú no estás loco —y soltó una risita.

Dr. Moses la tomó por la oreja.

—Ahora verás los alcances de mi locura.

La derribó en la cama y le hizo cosquillas. No paró hasta que Shannon dijo que estaba arrugándosele la falda y que se le hacía tarde para ir a la escuela.

CUMPLEAÑOS

(IV)

SE AMARON CON rencor y con dulzura. Reptaron por el piso, saltaron en la cama. Ella le mordió las tetillas. Él le acarició suavemente el cabello. Hablaron de infecciones venéreas y recuerdos infantiles. Muy bajito, tararearon canciones de la radio. Se masturbaron y se dieron placer hasta que amaneció. Todo en susurros. Fumaban. Se quedaban callados. Miraban a través de la ventana. Trataban de memorizar, de una vez para siempre, los lunares, las cicatrices, la superficie de ese cuerpo que nunca más volvería a pertenecerles. Luego durmieron un rato. En sueños, se acariciaban lentamente y aspiraban con fuerza los aromas que la habitación encapsulaba. Repetían entre ronquidos frases bellas y estúpidas. Entreveían penas de amor demasiado complejas, arabescos de imágenes que jamás lograrían poner en palabras. Más tarde abrieron los ojos y volvieron a amarse con la lengua muy lenta, haciendo eses, apoyados en el muro, resbalando hacia la izquierda, sostenidos por el aire, un muslo acalambrado y los ojos escocidos de sudor, un reprimido ataque de tos provocado por un trago de saliva que se hundía pecho abajo desesperadamente. Luego se besaron las mejillas y durmieron otro poco, sin aromas ni deseos.

—SON LAS NUEVE de la mañana con veintitrés minutos, nueve con veintitrés. La temperatura al norte de la ciudad es de cuatro grados centígrados. No se asuste, mi amigo: hace un poquito de frío esta mañana de sábado, pero nada que un café no pueda solucionar. Y si está usted casado, ¡de qué se apura, compadre!: voltee nomás a ver ese primor que le tocó de compañera, y verá cómo le dan ganas de levantarse a trabajar. Sí, cómo no: vámonos por lo pronto con Intocable y esta bonita melodía que se titula "Miedo".

La voz del locutor lo despertó. A su lado, Jacziri roncaba en breves murmullos, sujetándose el seno derecho con la mano izquierda. Se sintió solo, incapaz de contarle a una perfecta desconocida la pesadilla que acababa de tener. Lentamente sacó su brazo de debajo del torso de la muchacha (en un chispazo recordó el cuerpo de Ángela, también adormecido y lastimando su codo) y se dirigió a fumar a la cocina.

Al pasar por la sala, se miró desnudo en el espejo rectangular que estaba junto al love-seat. Tenía los pelos del pubis llenos de sangre seca y todo su cuerpo despedía el olor visceral de la menstruación. Mientras se contemplaba, el celular del Mayor volvió a repiquetear insistentemente. Guzmán lo ignoró.

Fue al baño, se dio una ducha y se peinó con cuidado, cubriéndose las entradas de la frente con rizos estratégicamente diseñados con gel y spray. Luego consumió el resto de la cocaína que había en su billetera. El dolor de cabeza desapareció casi de inmediato. Volvió a verse en el espejo, ahora vistiendo una bata de felpa y con los anteojos bien calados sobre el puente de la nariz. Se encontró suficientemente atractivo. Encendió el cigarro que había estado deseando durante largo rato y lo consumió en su habitación, mientras veía por la ventana hacia la sierra de Zapalinamé. Recordó con nostalgia la tranquilidad que le había producido antes, apenas la mañana anterior, el mirar a través de aquella misma ventana.

La voz del locutor continuó:

—No te dejes engañar, chiquilla: todos quieren quitarte lo poquito que ganas en la maquiladora… Hasta yo.

Guzmán fue de nuevo a la sala y apagó el estéreo. Volvió a la recámara y se sentó en un canto de la cama. Contempló nuevamente el cuerpo de Jacziri Yanet velado por la sábana. Permaneció así durante un rato. Luego la despertó.

—Buenos días, mi rey —dijo ella, parpadeando y sonriéndole—. No sabes qué rico dormí. Es que me dejaste toda lacia. Ven, acuéstate conmigo otro ratito.

Guzmán se puso de pie.

—No tarda en llegar mi esposa. Será mejor que te vayas.

DORMIDO, EL CUERPO de Antonio constituía una figura hermosa. Ángela había estado contemplándolo durante largo rato. La fascinaba, especialmente, por su abandono: tenía una pierna fuera de la cama, los brazos flexionados por encima de la cabeza y la boca ligeramente abierta. No roncaba: respiraba abruptamente, como si aún estuvieran haciendo el amor. Era un cuerpo atlético, aunque ligeramente torpe, alto y esbelto, con todos los músculos a flor de piel, pero sin exceso de tensión o de volumen. Era, ante todo, un instrumento para la contemplación. Un regalo que Guzmán nunca habría podido darle.

Se dio cuenta de que, aun concluida la noche, pensar en su marido seguía sin provocarle rabia o culpa. Deseó que él se hallara tan tranquilo como ella.

Antonio despertó.

—¿Qué hora es? —dijo.

—No sé. Como las diez.

—Me tengo que ir.

—Espérate otro ratito. No te apures: de seguro todos los de casa van a levantarse a mediodía. Tu bebé ya está despierto, pero no creo que dé lata: le di una bolsa entera de Jolly Rancher y le puse la tele en el Cartoon Network.

—¿Y si llega tu marido?

—Ay, cómo crees. Ahorita ha de estar abrazado de una teibolera igualita que la Barbie.

—¿Y lo dices tan tranquila?

Antonio se levantó, hurgó en su pantalón y extrajo una cajetilla de Marlboro. Encendió dos cigarros.

—Ni modo de que me queje —dijo ella—. Míranos a nosotros.

—Puta madre, qué modernos. De haber sabido…

—No, Toño. No me malinterpretes: Guz y yo tenemos un matrimonio feliz. Lo amo. Es sólo que algo no estaba en su lugar. Nunca había pasado esto, y estoy segura de que no volverá a pasar.

—O sea que…

—Nunca más —repitió ella.

—Pero, ¿por qué?

Ángela lo golpeó con la almohada, soltando una risita.

—Porque estoy enamorada de mi esposo, tonto… ¿Qué no te lo acabo de decir?

Al salir de la casa, Jacziri Yanet mordió a Guzmán en una oreja.

—No te preocupes, en esta parte nunca se queda la marca —dijo como única explicación.

Mientras caminaban hacia el bulevar por donde pasaba el microbús ruta ocho que la llevaría lejos de Guzmán y de esa noche, ella comenzó a hablar, a decir cualquier cosa, todo, como si él fuera la última persona a la que podría dirigirle la palabra. Habló de don Eustacio, su padrastro, la única persona realmente buena a la que había conocido, famoso en la Fomerrey 21 porque fundó y apadrinó por años al equipo de beisbol de la liga infantil, y famoso también porque al final de su vida bebía tanto que los parroquianos lo sacaban a patadas de todas las cantinas donde mendigaba un trago, y era tan triste verlo así que fue una suerte que muriera, aunque al último ningún pariente, ni sus hijos ni su mujer —la madre de Yanet—, quiso hacerse cargo del cadáver apestoso a vómito y orines, y fue más bien su hijastra, su consentida, la que desnudó y lavó ese cuerpo hinchado para que estuviera medianamente presentable en el sepelio. Le habló de Neto, o Ernie, como a él le gustaba que le dijeran, el pochito de ojos zarcos que la había desvirgado en las butacas del cine Chaplin mientras veían una película porno y en la fila de atrás tres jotitos los espiaban y se chupaban los culos y las vergas y se reían de ellos con risas muy bajitas, como de lástima. De Giselle

Ivette, la hija que el tal Ernie le había hecho un par de meses después de conocerlo, y a la que ni siquiera pudo bautizar una vez nacida. Le habló de cómo el pocho la había abandonado, sin trabajo y ni un quinto y con una panza inmensa, mintiéndole, diciéndole que iba a juntar harta lana para el bebé en un nuevo trabajo como agente especial antinarcóticos de la DEA destinado a la vigilancia de los trenes mexicanos, y luego pura madre: nada, jamás lo volvió a ver. Le habló de doña Trini, la solterona que le había comprado a la bebé Giselle Ivette por tres mil quinientos pesos y una botella de ginebra que Yanet se bebió sola, abandonada, en el transcurso de una noche, berreando como una perra loca en el cuarto para putas en el que la habían encerrado para que a la hora de la hora no se arrepintiera mientras la vieja registraba con sus apellidos a la niña, y hasta le cambiaba el nombre. Le habló de la música de Límite, de la receta de hojas de gobernadora que le habían enseñado para combatir la peste de los pies, de la frialdad del sol en los inviernos de Ciénega del Toro, el rancho de donde eran sus abuelos. No paró de hablar ni siquiera cuando llegaron al bulevar y se dio cuenta de que él volvía la cabeza hacia otro lado, con desgano, casi con desesperación. "Lo que pasa —dijo el golpe de palabras que desde niña le resonaba a cada rato en la cabeza— es que él todavía no entiende lo que sucedió anoche."

—Te amo —dijo Jacziri Yanet. A la distancia escuchó el atosigado motor de un microbús, y no tardó en ver aparecer la destartalada bacinica con el parabrisas tapizado de banderines del Santos Laguna.

—Mira —dijo Guzmán—: ahí está tu transporte.

Ella se abrazó a su pecho y repitió:

—Te amo, Gumaro. Nunca te olvidaré.

El microbús se detuvo a un par de metros. Jacziri Yanet subió los dos escalones y, volviéndose mientras el chofer arrancaba, lanzó un beso al aire con la punta de los dedos.

UN MUNDO INFIEL

PLUTARCO DESPERTÓ varias veces antes de que vinieran a sacarlo de la celda. El dolor de cabeza y la luz que se filtraba a través de los barrotes le impedían dormir profundamente. Se había cubierto el ojo herido con un pedazo de trapo arrancado de su camisa.

La puerta se abrió. Un hombre de estatura mediana, calvo y con un portafolios bajo el brazo, se plantó frente a él.

—¿El señor Almanza?

Plutarco asintió.

—Sepa usted, señor Almanza, que infinidad de cosas han sucedido esta mañana. A juzgar por lo que escuché, tal vez su empleo esté en juego. Es un asunto relacionado con unas piernas. Pero, entre que son peras o son manzanas, no es mi intención preocuparlo: ya resolverá la cuestión con ese tal licenciado Hinojosa, que ha contratado al bufete de abogados del cual soy miembro con la consigna de localizarlo a usted.

—General —corrigió Plutarco.

Sintió un agudo dolor en la garganta.

—¿Cómo dice, perdón?

—General Hinojosa.

Desde el exterior, una voz baja pero audible penetró en el recinto:

—Ahora sí, el muy culero va a querer recurrir a las leyes. Anoche bien que se puso felón, y ahora haciéndose el inocente, con licenciado y todo… Y tú, pendejo, te dije que revisaras bien si no traía un celular.

Plutarco reconoció la voz del hombre de las botas. Preguntó al abogado:

—¿Sabe qué hora es?

Éste consultó su reloj.

—Veinte a las once. De la mañana, naturalmente. Señor Almanza, le aseguro que esto no va a quedarse así. Haremos justicia. En cuanto lo saque a usted de aquí nos dirigiremos a la Comisión de Derechos Humanos, y le garantizo que en unos cuantos días estos malos funcionarios, estos (con perdón suyo) infelices, irán a dar a la cárcel por mucho, mucho tiempo.

El hombre de las botas se asomó al vano de la puerta y lanzó al calvo una mirada amenazadora. Éste lo ignoró.

—Sólo le pido, señor Almanza, que antes de integrar la demanda se comunique usted con los representantes de la Compañía Mexicana de Seguridad Especializada, que es quien contrata mis servicios, a fin de establecer claramente su circunstancia laboral.

—Mayor.

—¿Qué dice?

—Que no me llamo señor, cabrón: soy el mayor Plutarco Almanza. Y si me va a sacar, sáqueme ya.

Lo único que le devolvieron en la caseta fue el llavero. Mientras el abogado pagaba la multa y firmaba el recibo, el hombre de las botas se paró junto a Plutarco y susurró:

—Piensa bien lo que vas a decirles, compa. Siempre hay chance de que te vaya peor.

El Mayor guardó silencio. Se sentía mareado y débil.

—Seguramente no podrá manejar en el estado en que se encuentra —dijo el calvo mientras cruzaban la reja exterior—. Voy a llevarlo a un hospital. Caramba, tenemos tantas cosas pendientes.

Plutarco se dirigió a su camioneta. El calvo insistió:

—Señor Almanza, Mayor, no sea usted necio. Entienda

que no puede manejar en ese estado. Su ojo está realmente mal. Podría volver a desangrarse.

Instintivamente, Plutarco acomodó a tientas el pedazo de trapo que taponaba la cuenca. Abrió la puerta del copiloto de su Ford. Hurgó en la guantera hasta encontrar su pistola. La extrajo, revisó que la carga del tambor estuviera completa, abrió una caja nueva de municiones y se metió diez balas más en los bolsillos.

—Señor Almanza… —repitió el abogado. Pero luego calló. Abrazó su portafolios y corrió hacia su automóvil.

Los dos agentes de guardia estaban distraídos. No notaron la presencia de Plutarco hasta que éste disparó contra el candado que cerraba el portón. Al oír el balazo, uno de ellos corrió hacia el interior de la caseta de policía. El otro sacó su arma de la funda y se quedó ahí, con los nervios agarrotados, sin atreverse a accionar el arma. El tiro de Plutarco no había quebrantado la cerradura, pero, acercándose un poco más, el Mayor se dio cuenta de que el candado estaba abierto, apenas entrelazado con la cadena. Al quitarlo se quemó la mano, porque la bala había dejado caliente el metal. Corrió la reja y se plantó frente al policía.

—Párese ahí, o le juro que lo mato —dijo éste.

El siguiente disparo de Plutarco se le alojó en la clavícula. El hombre cayó al suelo, lentamente, sujetándose del muro con una mano mientras con la otra accionaba maquinalmente su revólver hacia el interior de la caseta. Disparó hasta quedarse sin parque. Plutarco caminó hacia él y, al momento de pasar sobre su cuerpo con una larga zancada, le dio un segundo balazo en la nuca.

Entró a la caseta. El otro policía estaba tendido debajo de un escritorio. Se quejaba y maldecía a grandes voces. Almanza se arrastró por el piso, vigilando alternativamente la puerta de acceso y los movimientos del guardia. No sabía si el tipo tenía un arma, pero de seguro había resultado herido por las municiones del que ahora estaba muerto. Cuando estuvo a dos pasos del escritorio, Plutarco se puso de pie y se recargó en el muro. Saltó con todas sus fuerzas por encima del mueble y, mientras caía de nuevo al piso, apuntó su revólver a la cara del policía.

Éste lo amagó también, pero con una lata de gas lacrimógeno. No paraba de llorar. Plutarco le arrancó de un manotazo la lata de gas antes de que pudiera usarla. Le apuntó a bocajarro, directo al corazón. Jaló del gatillo. Luego arrastró el cadáver hasta la reja de acceso y le roció toda la lata de gas sobre la cara. Mientras lo hacía, comenzó a escuchar voces alarmadas a su alrededor. Sintió un mareo. El trozo de tela que cubría su ojo se había caído, y la cuenca sangraba de nuevo.

Se dirigió a la parte posterior de la caseta, hacia el área donde había estado encerrado. El hombre de las botas salió de la celda disparando un arma automática. Almanza regresó a la caseta de policía, se plegó contra el muro y, a través de una rendija que se formaba entre la cortina de gasa y la ventana, pudo ver a su rival, caminando en círculos con el arma en la mano, espantando al corrillo de curiosos que empezaba a congregarse en torno a él. Plutarco apuntó cuidadosamente a través del cristal de la ventana. Jaló el gatillo. Un tiro hizo blanco en el brazo. Otro en el estómago. El hombre cayó al suelo. Soltó su arma. El Mayor regresó al exterior de la caseta, donde a cada momento se reunían más curiosos. Recogió del suelo la escuadra y, sin dejar de apuntar con las dos manos hacia el hombre de las botas, caminó de espaldas hasta la puerta de la celda. La abrió. No había nadie dentro. Como sumergido en una piscina, escuchó gritos y llantos de mujeres, y las voces de hombres que, aunque temerosas, lo amenazaban. Comprobó que la escuadra de su enemigo aún tenía balas. Regresó junto al herido, que seguía tendido en el suelo, sujetándose el vientre, y lo encañonó con las dos armas. Lo miró a los ojos: eran unos ojos grandes, pardos como la piel de un caballo nervioso, con el contorno blanquecino enrojecido por el miedo y el cansancio.

—No seas pendejo, pelado —chilló trabajosamente el de las botas—. Te van a hundir en la cárcel por el resto de tu vida.

Plutarco Almanza dijo:

—Pero quién me quita el gusto.

Y le vació las dos pistolas en la cara.

DOS DÍAS ANTES de morir, Ernesto de la Cruz había adoptado una mascota. Fue la noche previa a embarcarse en el convoy de Laredo a Saltillo que le cortaría las piernas. El gato había llegado a la base San Hidalgo desde el domingo anterior, mientras Ernie disfrutaba de sus días francos. El martes por la mañana, al reportarse al trabajo, le sorprendió encontrar una lata abierta de Whiskas en el piso, junto al viejo sofá rojo forrado de terciopelo que los custodios se turnaban para tomar la siesta.

—¿Por qué está esto aquí? —preguntó.

—Es que hay un gato —dijo uno de los custodios, temeroso, porque Ernie tenía fama de ser cruel y burlarse de todo—. Tenemos un gato. Llegó solo.

Ernie no dijo nada.

—Pero casi no lo vemos —prosiguió su compañero—. Es que es chiquito, y nos tiene miedo. Se metió en los entresijos de ese sillón despanzurrado, y nomás sale a comer cuando estamos dormidos.

—Con razón huele a mierda —dijo Ernie—. De perdido le hubieran comprado croquetas en lugar de esa pinche lata, que le jode el estómago.

Se sentó ante un tablero de damas inglesas, cerca del sofá rojo, e invitó a su compañero a jugar una partida. El otro custodio se derrengó en una silla frente a él y dispuso las fichas. Ernie agregó:

—Ahorita va a salir. A mí los gatos me quieren mucho.

Algunos de los guardias hicieron, a espaldas de él, ademanes de fastidio y displicencia. Estaban acostumbrados a esa clase de desplantes de su compañero, que siempre intentaba presentarse ante ellos como alguien distinto, una persona con atributos especiales. Sin embargo, esta vez quedaron sorprendidos: no pasaron ni cinco minutos cuando el gato salió a través de una de las rendijas del sofá y, con un saltito torpe, trepó a las piernas de Ernie. Hubo entre los custodios un murmullo de alborozo, que él contuvo enseguida mediante un ademán malhumorado. Con cautela, levantó al animal con ambas manos y escrutó su vientre.

—Es gata. Con razón.

—¿Cómo sabes que es gata? —dijo uno.

Ernie se encogió de hombros.

—¿Con razón qué? —preguntó otro.

—Con razón vino a meterse a este tugurio de pelados.

Todos rieron. Algunos hicieron un corrillo alrededor de Ernie, pero sin atreverse todavía a tocar al animal. Un par empezó a discutir cómo debían llamarla. Uno de ellos propuso "Pelota", porque era pequeña y peluda, casi como una bola de estambre.

—Boba —dijo el custodio que jugaba con Ernie, tomando del tablero una de las fichas contrarias—. Te debiste haber comido la mía.

--—Sillyball —dijo Ernie.

—¿Qué?

—Sillyball: así se llama mi gata —y le acarició el lomo.

Nadie le discutió que fuera suya. Al contrario, no faltó quien le pidiera permiso de cargarla. Al día siguiente, antes de subir al convoy, dejó a los más entusiastas las instrucciones específicas de cómo debían alimentarla y de cómo acondicionarle la cama para que no volviera a meterse en el sofá. Mientras el tren se ponía en marcha, el teniente Zamora comentó a uno de los custodios que se quedaban de guardia:

—Ahora va a resultar que este hijo de puta siempre sí tiene corazón…

★ ★ ★

La habitación era un gran cubo azul y tibio. Dr. Moses levantó el parte que pendía del extremo inferior de la cama y leyó su contenido en voz baja: "Ernesto de la Cruz, veintiséis años, ferroviario, accidente laboral, extremidades inferiores mutiladas por encima de las rótulas, pérdida parcial del carpo derecho, garantía de cobertura amplia mediante póliza de Bryant & Graves Insurances".

Se detuvo ante la cama y verificó los signos vitales del paciente. La respiración era pausada y la lectura de su estetoscopio coincidía con la del electrocardiograma. Los párpados del herido temblaban por momentos, como en duermevela. Doc levantó la sábana y miró los dos muñones. El izquierdo era unos centímetros más largo que el derecho. Luego revisó la mano. Intentó reconstruir mentalmente la caída. Los vendajes elásticos relucían sobre un cubrecama cuya tonalidad azul era ligeramente más oscura que la del cielo.

—Oh, Ernest querido —dijo—, no sabes cuánto te he buscado. Eres como una joya para mí.

Dejó caer la sábana. Acercó una butaca a la cabecera y se sentó.

—Ernest. Es un buen nombre el tuyo, ¿no te parece?… Es varonil. Es breve. Debes haberte sentido a gusto con él… Aunque, bueno: todos solemos sentirnos a gusto con nuestro nombre. Hay excepciones, claro. Pero lo más común es sentirse bien. Te acostumbras. Se requiere mucho esfuerzo, mucha vigilancia interior para que uno se sienta infeliz de ser lo que es. Llamarse de un modo u otro. Ser de tal o cual lugar. Mirarse al espejo… Pero, ¿te acostumbrarías a esto? ¿Ser sólo un pedazo de hombre? Oh, no te ofendas: sólo intento que pienses con claridad. ¿Te acostumbrarías a ser un pobre minusválido, acogiéndote a la limosna que te arrojen mis paisanos, comiendo mi basura, humillándote por nada?

Tomó una toalla y secó el sudor del paciente.

—Claro que te acostumbrarías. Los tuyos traen eso en la sangre.

Hizo a un lado la toalla.

—Yo sé que me escuchas. No sé qué tanto puedas entender de mi idioma o mis ideas. No importa: las palabras ayudan. Hasta los vegetales necesitan de palabras, ¿lo sabías?... Seguramente sí. Ustedes los mexicanos son rencorosos y estúpidos y abusivos, pero les gustan las plantas. Sí... Mi abuela poseía un hermoso jardín. Siempre hablaba con sus flores.

Una enfermera entró a la habitación. Moses tuvo un ligero sobresalto.

—Perdone, doctor. No sabía que estaba usted aquí.

—Sólo charlaba un poco, tratando de infundirle ánimos a nuestro amigo.

La enfermera lo miró con incertidumbre.

—Iba a aplicar una dosis de morfina.

—¿Morfina? —Doc miró la ampolleta que ella sostenía en la mano—. ¿Está segura?

La enfermera dudó un instante. Luego dijo:

—Tiene que ser. Son las instrucciones que dejó el doctor Olmedo.

—Correcto. Si le parece bien, deme la ampolleta. La aplicaré en cuanto terminemos de charlar.

Ella dudó de nuevo. Finalmente, se rindió:

—Como usted ordene, doctor...

—Quinn —dijo él—. Doctor Quinn. Pero no se burle ni se lo diga a nadie, por favor.

La chica sonrió. Le extendió la ampolleta y salió de la habitación. Doc se volvió nuevamente hacia Ernie.

—¿Sabes algo? Me gusta charlar con tipos como tú. No sé: tal vez mi miedo se esfuma. Tú has perdido algo que amabas, y creo que por eso conoces el secreto. El secreto de que el amor y la cercanía son nuestro único dolor… Sé lo que vas a decirme: que todos esos orientalistas hippies e inmaduros lo descubrieron antes que yo. Pero hay una diferencia: ellos lo leyeron en un libro y pasan la vida entera meditando para sobreponerse. Tú y yo, en cambio, lo sabemos en carne propia… Sólo una cosa nos separa: yo estoy a punto de recuperar la tranquilidad. Gracias a ti. Mientras que tú… ¿Ya lo adivinaste?… Sí: te voy a matar.

Le guiñó un ojo.

—Espero que lo disfrutes.

Guardó en el bolsillo de su bata la ampolleta que le había dado la enfermera y llenó la hipodérmica con la droga extática de su invención.

—Estoy harto de ustedes, Ernest. Pudieron conformarse con mis sueños, pero no: tenían que venir hasta aquí para atormentarme. ¿Qué fue: mi desmedido amor por Shannon, mi desprecio hacia ustedes?, malditos, ¿el odio a mi padre?… Ustedes los fantasmas son increíbles: son capaces de destrozarle a uno la vida sólo por deporte.

Encajó la aguja en el brazo de Ernie. La carne se plegó bajo el acero. El cuerpo entero sufrió un levísimo estremecimiento. Doc jaló con suavidad el émbolo. Una gota de sangre se mezcló con el líquido verdoso de la jeringa. Luego el compuesto desapareció bajo la piel.

Doc regresó a la butaca. Dijo, cogiendo a Ernie de la mano:

—Díselo a todos. Díselo antes de morir: si vuelven, voy a exterminarlos.

El cuerpo del paciente comenzó a sacudirse con violencia. Doc se levantó y lo sujetó por los hombros con ambas manos.

—Ya lo sientes, ¿verdad? Todo el placer que hice para ti. Disfrútalo… Diles eso: que si regresan voy a matarlos con un goce del que no saben nada. Tú eres mi mensajero, Ernest: diles que mejor se queden en su jodido país de sueños.

El cuerpo de Ernie tuvo un último espasmo. Luego se quedó inmóvil. Doc volvió a enjugarle el sudor. Lo contempló un momento, conteniendo las lágrimas.

—Ernest, amigo mío… Te agradezco tanto.

Lo besó en la frente y salió de la habitación.

Mientras caminaba, Doc percibió cómo los fantasmas se disolvían al fin en su cabeza. En el pasillo se topó con un par de camilleros. Sus rostros tenían una tonalidad azufrosa, como a punto de desmoronarse. Conforme avanzaba hacia la salida del hospital, los cuerpos de quienes le salían al paso se desvanecían hasta adquirir la textura de una flama. Al final, sólo los pies conservaron su apariencia común. Así llegó a la sala de espera. Se sentó en una butaca y contempló, fascinado, todos aquellos pares de zapatos: había sandalias sucias, pequeños tenis de muchos colores, zapatillas altas y nerviosas, zapatos recios y brillantes bajo los inestables fluidos que eran ahora los cuerpos.

Unos mocasines blancos se detuvieron a su lado. Una voz dijo:

—Dr. Quinn, ¿se encuentra bien?

Moses no respondió. Vio cómo los mocasines se alejaban, se mezclaban con tacones muy altos y Florsheims bien atados y algunas botas viejas.

—Sí, sí. Por supuesto —dijo a nadie—. Es sólo mi habitual jaqueca matutina.

Recordó los pies desnudos de su amada Shannon dejando manchas húmedas sobre la duela de la cocina… En ese momento tuvo una revelación: los pies eran los ángeles. Eran los ángeles del cielo. Nadie podía notarlo porque estaban bien ocultos.

Mientras, acompañados de un par de botas negras, los mocasines blancos volvían hacia él, hacia su dulce y lenta revelación del paraíso, Doc bajó la vista y le rogó a sus pies que abandonaran su disfraz y fueran nuevamente ángeles, y que volaran para él. Y ellos lo complacieron.

EL HIJO DE ANTONIO amasaba los restos de Corn Flakes remojado contra el fondo del plato.

—Deja de hacer eso —dijo desganadamente su padre, que desayunaba junto a él.

Al otro extremo de la mesa, Ángela sostenía una taza frente a su nariz, la mirada fija en la puerta de malla que daba al jardín. Hasta sus oídos llegaba el murmullo del televisor dando las noticias. El olor a café recién hecho impregnaba toda la habitación.

En la sala, apoltronada en un sillón oscuro y con los brazos apoyados en un par de cojines, doña Eugenia tejía. A cada movimiento de la mano, sus labios se alargaban rígidamente y sus párpados se contraían. Frente a ella, sentado en una butaca de madera pintada de rojo, don Eugenio leía el periódico. Adolfo y Rubén no habían dado señales de vida en toda la mañana.

—Nos informan —dijo el joven locutor de la televisora local de Torreón— de un macabro hallazgo en las inmediaciones del ejido Bandera Blanca, municipio de Parras: el cadáver de una mujer fue encontrado hace apenas unas horas, poco antes del amanecer. He aquí las imágenes.

Don Eugenio plegó su periódico y subió el volumen del televisor.

—No seas morboso —dijo doña Eugenia.

—Shh. ¿Qué tal si es alguien de nuestra gente?

—Ah, cómo eres payaso. Si ya ni queda familia nuestra por aquí.

La crónica narraba que un campesino había encontrado esa mañana, dentro de su parcela, el cuerpo de una joven completamente desnuda.

—Le atoqué el pecho —dijo al micrófono un hombre prieto, con el sombrero echado hacia atrás y el torso envuelto en un sarape rojo—; nada. Traté de oírle el resuello; nada también. Yo creo que cuando la hallé ya se había ido.

Inmediatamente dio parte a la autoridad local, quien a su vez turnó el caso, dada su gravedad, a la Procuraduría General de Justicia.

De acuerdo con el perito entrevistado, el cadáver mostraba señales de tortura en el rostro, la espalda y los muslos. Se percibía evidencia externa de violación, aunque sólo el laboratorio podría demostrar este dato en forma concluyente. Para matarla, el o los asesinos habían empleado un trozo de cuerda de nylon con el que la joven había sido estrangulada hasta la asfixia.

La cámara se desplazó a la derecha, siguiendo la ruta del cadáver durante su traslado a la ambulancia. Extrañamente, los paramédicos habían olvidado cubrirle la cabeza. Don Eugenio pudo ver por un momento su rostro y, también, el trozo de cuerda, cuyos extremos despuntados y tensos parecían flotar paralelos a la camilla… Tenía los ojos abiertos y un poco escurridos hacia abajo de las cuencas, como si estuviera llorando y sus lágrimas fueran las pupilas. Sus labios estaban hinchados por los golpes, pero aún era posible percibir que habían sido carnosos y breves. La barbilla era redonda y con una muesca horizontal en la parte superior. El cabello parecía flotar alrededor de la cara, esparcido en hebras sobre el cojín blanco de la camilla. Era negro y espeso. Don Eugenio sufrió un estremecimiento: tuvo la sensación de que había visto aquellas facciones poco antes, en alguna parte. En la fiesta.

Apagó el aparato y desplegó nuevamente su periódico.

—Socarrón —le reclamó su esposa, acercándose y arrebatándole el control remoto—. Estamos esperando noticias del descarrilamiento.

Sonó el teléfono. Doña Eugenia intentó dirigirse al aparato, pero se contuvo al ver que Ángela se le adelantaba. Don Eugenio dejó el periódico sobre la mesita de centro. Antonio se paró junto a la puerta de la cocina, de cara a la sala. Ángela levantó el auricular.

—¿Bueno?... Un momento —cubrió con la mano el aparato. Dijo, mirando a su madre—: contesto arriba. Culega aquí cuando te avise, por favor.

Mientras esperaba con el celular en la mano, sentado en uno de los bancos de la Alameda Zaragoza y tiritando de frío, Guzmán se dio cuenta de que no tenía nada que decirle a su mujer. No había inventado ningún suceso extraordinario que lo justificara. No sentía suficiente culpa como para ponerse a llorar. No recordaba nada que pudiera reclamarle a ella. Ni siquiera tenía ganas de ser sincero y contarle la verdad. Se sentía exhausto y resfriado, nada más. La voz de Ángela lo tomó por sorpresa.

—Ya contesté, mamá. ¿Bueno?... Guz.

—Angelito.

—Aquí estoy, amor.

Hubo un silencio.

—No tengo nada que decirte, Ángela. Hablé nada más para eso.

—¿Estás bien?

—Sí. Más o menos.

—Y el Mayor, ¿está bien?

—No sé. Supongo que sí. Hace ya buen rato que no estoy con él.

—Ah.

—¿Cómo estuvo la fiesta?

—No estuvo mal. El mariachi era bueno. Pero luego comenzó a llover durísimo y todo mundo salió corriendo.

—Acá más bien hizo frío. Estamos a cinco grados. No llovió.

—Acá estamos como a doce... ¿Viste las noticias?

—No. Me enteré de la temperatura por la radio.

—No, tonto. Te pregunto por si has sabido algo del descarrilamiento. Mamá lo está monitoreando en los canales de Monterrey y de Torreón. No han dicho nada.

—¿Cuál descarrilamiento?

—Pues… No, ninguno.

—Ah. Eso te dijo el Mayor.

Guzmán escuchó ajetreo al otro lado del teléfono.

—Permíteme —dijo Ángela.

Luego de una breve charla con su madre, volvió a la línea y añadió:

—Espérame tantito. Parece que ya está la noticia.

Guzmán retiró el celular de su oreja y trató de concentrarse en el gélido olor a clorofila que envolvía la Alameda. Había caminado hasta ahí para sentirse tranquilo, cubierto a medias del viento que soplaba desde el norte por los agrietados troncos de los álamos y los nogales. Aún sentía que su cabeza se desplazaba en fragmentos que chocaban unos contra los otros, como bloques de hielo sobre el agua. Tenía los labios agrietados y, bajo la delgada tela de la camisa, la piel le ardía como una gran herida violácea.

Puso de nuevo el aparato en su oreja. La espera duró un par de minutos más. Luego la voz de Ángela regresó.

—Ya. Sí dieron la noticia de lo del tren. Pero no...

—Fue un custodio.

—Ajá.

—Resbaló de los vagones.

—Ajá.

—Perdió las piernas. Al menos eso fue lo que me dijo el Mayor.

—Ah.

—Yo estaba en otra parte, Ángela.

—Ya lo sé, Gusanito. No tienes que decir nada.

Hubo una larga pausa.

—¿Quieres que vaya por ti?

—Yo soy la que trae el coche.

—¿Segura de que no quieres nada?

—No. Ahorita no quiero nada.

—Sale, pues. Nos vemos más tarde.

—Sale… Oye, Guz: ¿te acuerdas de esa vez, cuando éramos novios, en que estábamos como a dos grados y se me descompuso el bóiler, y yo me bañé con agua fría porque habíamos quedado de salir a bailar?... ¿Te acuerdas?

—No. No me acuerdo.

—Claro que te acuerdas, hombre. Siempre que hace frío te reprocho que me dejaste plantada y encima casi me da una neumonía. Y tú siempre dices lo mismo, que no lo recuerdas.

—Sí, creo que tienes razón. Pero deveras no me acuerdo. A ver, cuéntame más.

—No, no: al contrario. Sólo quería prometerte no volver a mencionarlo nunca.

Colgaron. Guzmán miró hacia arriba: no había cielo ni nubes. Todo era blanco y sucio a la distancia y ligeramente verde en la cercanía. Una ciudad como una foto en blanco y negro. Se levantó de la banca y caminó hacia la calle Victoria con las manos en los bolsillos. Estaba a punto de cruzar la calle cuando el timbre del celular repicó un par de veces. Se detuvo en la esquina y contestó.

—¿Bueno?

—Mi Mayor. Qué bueno que lo hallo. Estuvimos tratando de comunicarnos desde la madrugada, pero nadie respondía. Con la novedad de que siempre sí las encontraron los muchachos. Batallaron, pero aquí están ya. Las metimos en un refrigerador provisional, casa de un carnicero. Solicito instrucciones. Pero hay que actuar pronto, mi Mayor, porque dicen los compañeros que ya huelen a podrido.

—¿Cómo?

—Las piernas, señor. Solicito indicaciones para proceder con ellas. Es urgente. Antes de que empiecen a comérselas los gusanos.

—¿Cómo?

—Las piernas, señor. ¿Qué hacemos con las piernas?

Guzmán colgó el teléfono. Miró un instante los botones luminosos, la textura carbónica, la pantalla líquida. Luego, como si estuviera deshaciéndose de un pequeño cadáver, lo arrojó dentro de un bote de basura.

ÍNDICE

La noche antes de que un tren… 9
Cumpleaños (I) 13
Historia de un par de piernas (I) 35
El experimento de Doc (I) 55
Cumpleaños (II) 69
Historia de un par de piernas (II) 83
Mariana 87
El experimento de Doc (II) 99
Cumpleaños (III) 117
El Mayor 131
Historia de un par de piernas (IV) 141
Cacería 145
Cumpleaños (IV) 153
Un mundo infiel 163

Un mundo infiel
se imprimió en los talleres de
Litográfica Ingramex, S.A. de C.V.
Centeno núm. 162
Colonia Granjas Esmeralda
México, D.F.

Impreso y hecho en México
Printed and made in Mexico

Certificado No. 02-2082